O PACIENTE HERÓI

Diretor Editorial e de Arte: Julio César Batista

Produção Editorial e Capa: Carlos Renato

Revisão: Maria Dolores Delfina Sierra Mata e Willians Calazans

Editoração Eletrônica: Hégon Henrique de Moura

Imagens da Capa: Shutterstock: FotoDuets e Denis Kabelev

Dados Internacionais de Catalogação na Publicação (CIP)
(Câmara Brasileira do Livro, SP, Brasil)

Barreto, Gilson *O paciente herói* / Gilson Barreto, Rafael
Longo. - São Paulo: nVersos, 2019.
ISBN 978-85-54862-26-8
1. Câncer - Pacientes - Ficção 2. Ficção
brasileira I. Longo, Rafael. II. Título.

19-28624 CDD-B869.3

Índices para catálogo sistemático:
1. Ficção : Literatura brasileira B869.3
Cibele Maria Dias - Bibliotecária - CRB-8/9427

1ª edição – 2019
Esta obra contempla o Acordo Ortográfico da Língua Portuguesa
Impresso no Brasil - *Printed in Brazil*
nVersos Editora: Rua Cabo Eduardo Alegre, 36 - cep: 01257060 - São Paulo – SP
Tel.: 11 3995-5617
www.nversos.com.br
nversos@nversos.com.br
vendas@nversos.com.br

GILSON BARRETO E RAFAEL LONGO

O PACIENTE HERÓI

A JORNADA DE UM HOMEM COM CÂNCER DE MAMA

nVersos

A todos os pacientes que cumpriram suas jornadas de heróis e tiveram a sensibilidade de transformar seu mundo e o dos que estavam a seu redor.

SUMÁRIO

Parte 4 – O Retorno do Herói

PRÓLOGO

Acordei um tanto desorientado depois de uma semana de trabalho intenso. Olhei para o relógio que marcava exatamente 8h30. Era sábado e há alguns meses não levantava tão tarde. Enfim estava completamente livre no fim de semana. Às vezes, o trabalho nos absorve tanto que não tê-lo na rotina nos deixa sem saber o que fazer. Isso não é bom.

Sentei na cama e pensei: "Que ótimo! Dois dias de descanso, sem compromisso. Estava mesmo merecendo uma folga...". Sou cirurgião há 20 anos e, pelos caminhos que não sabemos explicar, acabei fazendo especialização em cirurgia oncológica, sim, aquela modalidade voltada para cuidar de pacientes com algum tipo de câncer.

Depois desses anos, além do aprendizado técnico, adquiri outro tipo de conhecimento que me estimula a continuar trabalhando nessa área. Refiro-me ao que absorvi sobre os verdadeiros valores e a própria vida. Acho que aprendi a viver com meus pacientes. E, de certa forma, consegui força para buscar outras atividades que trouxessem alegria e satisfação nas poucas horas de lazer.

Abrindo o jornal, procurei a programação de atividades culturais oferecidas na cidade naquele final de semana — cinema, teatro, shows e exposições. Em letras discretas, em um canto da página, chamou-me a atenção o anúncio de um curso gratuito de mitologia, em uma livraria conhecida da cidade. O título era interessante: "Mitologia: eu quero uma pra viver", fazendo uma referência espirituosa ao sucesso de Cazuza. Apesar de sua magnífica obra musical, confesso que o cantor em si nunca me trouxe encantamento. Mas, talvez, por curiosidade e desconhecimento total sobre o tema da mitologia, senti-me atraído pela palestra. Anotei o endereço e o horário e deixei como opção para aquela noite.

Enfim, fui parar numa sala de aula em pleno sábado à noite. Em uma série de quatro palestras, o professor exploraria as entranhas do tema. Claro que, após a primeira, não consegui evitar as outras três, e como podem imaginar não havia muitos interessados em ouvir sobre mitologia no auge de um sábado. Mas o assunto era deveras envolvente, e o professor Rafael o desenvolvia com fascinação e nos encantava, transformando aquelas duas horas em poucos minutos. Cheguei a desmarcar compromissos para ter o prazer de participar de mais um daqueles encontros.

As aulas foram, sim, de muita valia, mas o mais importante foi ter a oportunidade de conhecer o professor Rafael. Como o grupo de alunos era pequeno, após as aulas, sempre alguém sugeria que continuássemos discutindo o assunto em uma pizzaria. A partir da segunda palestra, comecei a acompanhá-lo com outros três ou quatro curiosos. A amizade foi se construindo entre admiração e calorosas discussões, quase sempre preservando o respeito pelas opiniões divergentes. Nossa troca de experiências nos levou à elaboração deste livro.

Outra curiosidade é que sempre me dirigi a Rafael como Professor, e ele, a mim como Doutor, portanto, resolvemos manter a forma original nos diálogos.

Gilson Barreto

Campinas, verão de 2014.

PARTE 1

O HERÓI

MITOS E DOENÇAS

Nas aulas de mitologia que prossegui frequentando, o tema abordado e exaustivamente discutido era sempre o papel do herói. Quem é e quem deseja ser herói? Herói ou super-herói? Herói ou celebridade?

Não faltaram ideias e opiniões intermináveis e fascinantes. Até que algo me ocorreu, e, após adquirir certa noção sobre o assunto, o questionamento foi inevitável.

— Podemos aplicar estes conhecimentos ao cotidiano? – perguntei.

— Mas é claro, Doutor! Creio que essa é a grande verdade acerca dos ensinamentos sobre o herói, aplicar o conceito básico na vida e, assim, transformá-la. Com uma dose de criatividade, é possível perceber a mitologia em praticamente todos os nossos atos – respondeu, entusiasmado, o Professor.

— Professor, duvido que jamais tenha pensado em como seria aplicar esse conhecimento ao momento mais difícil da vida de alguém, a doença! Imagino como seria isso na jornada de um paciente – disse eu, com ar contemplativo.

— Não entendo de pacientes, nem de doenças, exceto as que já tive e que não desejo a ninguém. Mas, se conseguir expor suas ideias de forma mais detalhada, talvez, eu possa ajudá-lo.

— Ainda não tenho tudo elaborado, mas creio que o momento em que o médico faz o diagnóstico da doença e o informa ao paciente seria considerado, como você coloca, o chamado à aventura do herói. Estou apenas propondo uma relação entre ideias – disse, aliviando a convicção de minha hipótese até então sem sustentação.

— Então vamos lá! Diga-me! Como isto ocorre na prática? Como se dá a notícia a alguém que está na sua frente com câncer? Palavra dura, não?! Vocês, médicos, têm uma profissão muito honrosa, mas tratam certos assuntos de maneira muito esquisita – ponderou o Professor, rindo.

— Sem dúvida, é uma situação bem difícil, nada prazerosa, mas isso fica para uma próxima conversa. Veja só, tive uma ideia que talvez nos ajude a aplicar esses conhecimentos sobre o herói em um contexto atual. Após vivenciar a experiência do tratamento de um câncer, um paciente meu, Paulo, se sentiu motivado a escrever sua história e achou por bem compartilhar comigo suas anotações. Ele é uma pessoa muito interessante, nasceu em uma cidade do interior, os pais não eram ricos, mas eram pessoas cultas. A mãe era professora de português, e o pai, de ciências. Tamanho era seu diferencial que acabou em uma boa universidade e nunca mais voltou para a cidade de origem. Ele não seguiu a carreira de escritor, é engenheiro, mas seu texto estava muito bem escrito, pelo que me lembro. Isso me chamou a atenção, e, segundo Paulo, retomar o gosto por escrever cultivado na infância foi um dos frutos do período da doença, dos dias de internação, das horas perdidas em salas de espera. Lembro-me vagamente da leitura e me ocorreu que muitos aspectos daquela história se encaixam nesta nossa conversa. Talvez possamos traçar um paralelo com o que você abordou nas últimas palestras. Existe uma semelhança entre a jornada de um paciente, gravemente enfermo, e a jornada mítica do herói? Essa é a pergunta que teremos de responder.

— Mas que indagação interessante, Doutor. De primeira, já podemos, sim, notar que você entendeu muito bem o assunto que tanto me fascina. Estudo há muito tempo, dou aulas há outro tanto, e nunca imaginei estabelecer como exemplo um paciente. Creio que isso seria um desafio. Estou entusiasmado para iniciar a leitura do caderno de Paulo. Você me permite?

— Antes de oferecer as anotações de Paulo à sua leitura, obviamente consultarei o paciente. E, se ele concordar, creio que teremos diálogos frutíferos sobre o conteúdo dessa história.

— Ótimo, Doutor, vamos aguardar a história do seu paciente, se ele concordar!

O impressionante é que o mundo subjetivo, das ideias, o imaginário, é muito mais encantador que o mundo real. Eu estava diante desta experiência novamente. Para encantar a vida, basta uma boa ideia ou um bom sonho.

Com certeza, desenvolver este estudo com o Professor me proporcionaria o que considero o mais valioso na vida, o conhecimento, riqueza imutável para quem o detém. Penso que ele deve ser encarado como uma grande fonte de prazer. Eu sabia que estava prestes a beber dessa fonte. Meu empenho em procurar Paulo e conseguir sua autorização para mostrar ao Professor suas anotações não teria sido em vão.

Alguns dias mais tarde, após uma conversa com meu paciente, consegui seu consentimento, então apresentei o caderno para o Professor. Assim que colocou suas mãos nele, ficou visível o quanto foi tomado de curiosidade. O Professor sorriu com o canto da boca, despertando curiosidade também em mim. Parou longamente na primeira página, na qual, em letras maiúsculas, escritas com caneta azul e grifadas várias vezes, constava uma espécie de título: A VERDADE. Algumas linhas abaixo estava a assinatura de Paulo. O Professor não perdeu tempo e logo mergulhou nas páginas do caderno.

DIAGNÓSTICO

Eram 8 horas, e todos chegaram mais cedo para o trabalho naquele dia. Era um dia diferente; em pé, todos olhavam para a mesma porta. Apenas de vez em quando se entreolhavam rapidamente. Silêncio absoluto e... sob uma série de aplausos e discretos gritos de "viva!", Benedito entrou no escritório da construtora depois de seis meses de afastamento por causa de um tumor maligno (câncer) na próstata. O diagnóstico foi precoce, e o tratamento, bem-sucedido. Certo olhar envergonhado lhe tomava o rosto que já exibia os anos de experiência, e as lágrimas não tardaram a rolar pela face. Muitos abraços e agradecimentos. Finalmente, alguém se lembrou dos salgadinhos e do bolo. A festinha pelo retorno do amigo acontecia normalmente.

No canto, com certa arrogância de sabedoria que me era peculiar, estava eu, Paulo, o engenheiro, chefão da empresa.

— Acho que essa coisa de doença, principalmente o câncer, deve estar relacionada ao bom humor e à força do homem.

— Pode ser – comentou meu subordinado direto, meio puxa-saco, sem limites, que andava sempre a tiracolo.

— Pode ser não! É! Com certeza! – afirmei. Enquanto meu auxiliar apenas balançava a cabeça, concordando, eu não conseguia parar de falar:

— Veja meu exemplo: sou engenheiro, casado, dois filhos, obstinado, tenho garra, sou competente, o que pode dar errado? Nada! Tenho uma saúde perfeita. Até consigo dar uma assistência para a Martinha do RH (o nome do departamento em que ela trabalhava era quase um sobrenome) – comentei com um sorriso malicioso que me dava poder. — Outra coisa fundamental na vida é comprar o que a gente gosta. Não passar vontade. Você viu minha caminhonete nova, último modelo? Banco de couro, ar-condicionado, direção hidráulica, 4 x 4, 330 cavalos de potência, GPS. Bom, se eu fosse falar tudo o que ela tem, passaria o dia – completei, metendo o cotovelo no peito do suposto amigo, que se encolheu e sorriu de satisfação e orgulho pelo gigante que estava à sua frente.

— Eu sei me cuidar, todo ano faço exames preventivos e até agora também não tive problema – comentou meu assistente. — Bom, faço exame de sangue, porque aquele da dedada... tô fora. Isso é coisa de veado – disse rindo.

Após alguns minutos de silêncio, comentei:

— A única coisa que tem me incomodado é uma dorzinha no peito, do lado esquerdo, mas tenho certeza de que não tem nada a ver com o coração. Outro dia levei uma cotovelada em um jogo de futebol e ainda dói. Parece mais um furúnculo, mas ainda não veio a furo.

— Se não melhorar, procure um médico – aconselhou-me.

— Médico? De jeito nenhum. Não sou homem de ir a médico. Até exame de sangue, que faço às vezes, dou um jeito de fazer sem um pedido oficial. Vou ao laboratório e digo que perdi a guia. Aí, você já sabe, é só ir tirando a carteira do bolso e mostrar dinheiro que qualquer um faz o que a gente quer.

A festinha para o Benedito se dispersou rapidamente, e os funcionários voltavam timidamente às suas atividades. Então, lembrei-me de dar meu recado:

— Esperem, pessoal! Antes de terminar, quero contar uma coisa que aconteceu no hospital com o Benedito.

Todos, em silêncio, se voltaram para o maioral da construtora. Benedito já começou a sofrer antes mesmo de ouvir a história. No fundo, eu estava morrendo de rir, ou apenas querendo fazer graça, sendo irônico com o Benedito.

— No dia que eu fui visitar o Benedito, eu estava pensando: esta cirurgia tem muitos riscos. Mas o principal é ele parar de "funcionar". Vocês sabem... – disse com olhar de ironia, fazendo referência à sexualidade do amigo, colocando em cheque sua masculinidade após a cirurgia.

Na verdade, eu desprezava aquilo que chamam de cuidado hospitalar. Sabia que, no fundo, a internação era um dos maiores golpes no ego de qualquer homem, principalmente para aqueles "das antigas", machões. Doença equivale a fraqueza. Ficar deitado a maior parte do tempo, sem poder "fazer" nada, precisar da ajuda do enfermeiro para ir ao banheiro ou, pior, urinar no penico de lata, receber visitas de pessoas com dó, e, se a situação estiver muito grave, quem sabe algum padre ou pastor querendo conversar. "Loucura", pensei, "ainda bem que estou livre disso".

Voltando ao meu discurso:

— Entrei no quarto, e o Benedito estava deitado de lado, voltado para a parede, vestido com aquele aventalzinho azul do hospital. Ridículo. Por causa da abertura do avental para trás, a bunda dele, descoberta, estava de frente para a porta. E eu pensei: "Nossa! Acabou de sair da cirurgia e já está se oferecendo". Finalizei, caindo em risadas.

Todos riram, enquanto Benedito abaixava a cabeça sem graça, afinal não havia justificativa para tal situação. A melhor coisa foi ele ter ficado calado. O silêncio de Benedito colocou um ponto final na sádica anedota. Festa encerrada, todos voltaram às suas atividades de rotina.

Algum tempo depois desse fato, Benedito me contou o que pensava enquanto eu proferia meu discurso, cativando a atenção de todos: "Se ele soubesse o que eu estava passando naquele momento... Sabia que estava descoberto, mas quem se importa com isso naquela situação?", ele desabafou.

Alguns dias mais tarde, eu continuava com dor do lado esquerdo do peito e, durante o banho, notei um caroço endurecido bem na região do mamilo. Pensei se tratar de sangue pisado pela pancada do futebol de dois meses antes. Pela primeira vez, pensei nesse problema com mais preocupação e, após alguns segundos de dúvida, resolvi comentar o fato com minha esposa:

— Querida, continuo com aquela dor no peito por causa da cotovelada que levei no futebol. Você se lembra? Está me incomodando.

— Vou pegar um anti-inflamatório para você tomar.

Enquanto vasculhava a gaveta de remédios no banheiro, sem coragem de olhar para mim, tocou em um assunto que havia sido discutido em família, e para o qual eu já tinha dado meu veredito. Aliás, algo que eu detestava. A compra de um cachorro. Ela escolheu o momento mais oportuno para tratar da alegria das crianças. Tomou um fôlego de coragem e disse:

— Hoje fui ver o Pipoca.

— Pipoca?

— O cachorrinho, o labrador que vamos comprar para as crianças. Uma gracinha, elas já escolheram. É preto.

— Eu aqui, morrendo de dor, e você falando de cachorro? Eu sou contra, já disse. Detesto cachorro.

— Tome o remédio, já vai melhorar. O cachorro é para as crianças. Pipoca!

Virou as costas e saiu, para não prolongar a discussão, cuja conclusão parecia estar a seu favor e da vontade das crianças. Aumentando o tom de voz e mantendo a pseudoautoridade, gritei:

— Se comprarem, cuidem. Não vou cuidar de cachorro!

Tive a impressão de que ela sorriu e deu um pulinho de alegria pela vitória. Logo podia ouvir os gritos de alegria no outro quarto.

— O pai deixou!

Na realidade, não havia deixado. Apenas cedi. As crianças correram em minha direção e me abraçaram.

— Obrigado, papai.

Enquanto isso, minha esposa ria na porta da sala, olhando para mim. Era um fato: teríamos um cachorro. Para encerrar aquele longo dia, ordenei:

— Está bem, agora vamos todos dormir.

A dor havia passado por algumas horas, mas não consegui dormir de bruços. O sono não vinha. Estava incomodado. Comentei com minha esposa, que começava a cochilar:

— Amanhã cedo vou procurar um ortopedista. Acho que estou com uma infecção no peito ou sangue pisado.

Sem dar muita atenção e cansada pelo longo dia com as crianças, respondeu brevemente:

— Faça isso, mas agora tente dormir.

Trocamos "boa noite", e fiz o que ela sugeriu.

Uma semana se passou, e, como o desconforto no peito aumentava cada vez mais, foi inevitável procurar um médico.

No consultório do ortopedista, expliquei meu caso e discorri sobre minhas hipóteses, enquanto o médico fazia algumas anotações que pareciam não condizentes com o que eu falava. Após a conversa inicial, e sem delongas, o médico disse:

— Tire a camisa e sente-se ali – apontando para a maca no canto da parede.

Depois de um breve exame, dedilhando o caroço no peito, fez uma careta com expressão de dúvida. Não disse nada, voltou para a mesa e começou a escrever. Olhou para mim e, notando minha aflição, disse:

— Pode se vestir.

— É sangue coagulado, disse, vou ter que operar. Mas como estou com vários compromissos no escritório, vou aguardar um pouco mais. Talvez umas compressas de água quente, não é, Doutor?

— Calma, senhor, seu caso não será resolvido comigo. Por favor, procure este outro médico.

No pedaço de papel, apenas um nome e um telefone.

— Mas você não vai dizer nada?

— Já disse: procure este colega. Ele poderá lhe ajudar, meu filho.

Olhei demoradamente para o médico, que aparentava ser mais jovem que eu, mas não disse nada. Olhei novamente para o papel com a anotação e saí cabisbaixo. Assim que ganhei a calçada, concluí: "Médico de bosta, incompetente! Não sabe fazer um diagnóstico, nem para pedir um exame, um ultrassom ou uma tomografia. E ainda me chama de 'meu filho'. Filho da puta de médico! Não vou me consultar com outro! É por isso que não gosto desses caras".

Os dias se passaram, e fiquei cada vez mais introspectivo. Parecia que estava sendo torturado. Procurei o endereço do médico que me fora indicado e, sem alternativa, agendei uma consulta.

Na sala de espera, senti uma enorme repulsa. Lotada de pessoas com curativos e sondas que saíam pelo nariz. Fiquei completamente incomodado com aquela situação, mas criei coragem e fui até a secretária. Primeiro, para reclamar do atraso de dez minutos:

— Estou abarrotado de compromissos, vai demorar muito? O médico não cumpre horário?

— Calma, senhor, já estamos preparando a sala de consulta. O senhor é o próximo.

— Afinal, qual a especialidade desse médico?

— Oncologia – respondeu a secretária.

A secretária deve ter notado a expressão de surpresa no meu rosto por causa dessa revelação e pode ter sentido certa satisfação quando o interfone tocou, podendo então distrair seus olhos dos meus. Pediu-me que esperasse enquanto respondia. Ao desligar, disse aliviada:

— O senhor já pode entrar. Por aqui, por favor.

Sem dizer mais nada, obedeci à secretária. Mas, ao me sentar em frente ao médico, disse:

— Deve haver algum engano.

— Por quê, senhor Paulo? – respondeu o médico, olhando para a tela do computador à sua frente.

— A secretária disse que o senhor é oncologista. É coisa de câncer, não é mesmo?

— Sim.

— Bom, eu bati o peito jogando bola, uma cotovelada, o senhor sabe. E tem sangue coagulado, está doendo. Acho melhor o senhor me encaminhar para outro médico.

— Por favor, senhor Paulo, tire a camisa e sente-se ali. Deixe-me examiná-lo.

Sem dizer mais nada, sem nem mais uma pergunta, o médico, percebendo minha ansiedade, resolveu mudar a ordem das coisas. Examinou primeiro, para depois continuar a averiguar a história clínica do paciente, o que chamam de anamnese.

— Deite-se, por favor. Creio que será necessário fazer uma punção deste nódulo. Podemos fazer agora, se o senhor autorizar, é claro.

— Mas é claro, pode fazer – respondi, acreditando que o sangue coagulado correria da agulha para a seringa.

O procedimento foi feito, e o médico me pediu para retornar em quatro dias para saber o resultado. Tentei contestar, mas não tive chance:

— Não mudou nada, Doutor, o caroço continua aqui.

— Calma, senhor Paulo, um dia de cada vez. Tome este medicamento e volte em quatro dias como recomendei.

Os dias se passaram e o desconforto somava-se a uma mancha roxa do furo da agulha. Ainda pior, o volume do caroço aumentou. Meu nervosismo se expressava em minhas atitudes; insegurança, medo e pressa, pressa em resolver esse assunto cujas proporções fugiam ao meu controle.

Aliás, tudo parecia fora de controle. As noites eram longas, e, além da preocupação, ainda tinha de conviver com os latidos infernais do Pipoca que duravam até o dia clarear. Um pequeno labrador de pelo preto. Irritante. As noites maldormidas se somavam a tudo de ruim ao meu redor. Uma trivialidade, uma cotovelada. Uma cotovelada no meu mundo outrora sólido e inabalável, que, então, estava virado de ponta-cabeça.

Retornei ao consultório com o distanciamento que me era permitido: "Não tenho nada a ver com este lugar, com essas pessoas, com este médico". Uma pergunta não me saia da cabeça: "O que estou fazendo aqui?".

Após minutos irritantes de espera:

— Sente-se, senhor Paulo, por favor – disse o médico.

— Então, Doutor, quero resolver logo este sangue pisado – respondi.

O médico pegou o exame, abriu o envelope lentamente e, olhando nos meus olhos, disse:

— O que eu tenho para dizer não é nada agradável, nem para mim, nem para o senhor. Enviei o material da punção para o laboratório de patologia, e o exame de citologia confirmou o que eu estava prevendo.

— Qual diagnóstico, Doutor? – falei com olhar interrogativo.

— Infelizmente, senhor Paulo, o senhor está com câncer de mama. Teremos de instituir um tratamento imediatamente...

O médico continuou falando, mas para mim era como se o mundo não existisse. Nada do que foi dito a partir da primeira frase foi absorvido, nem sequer ouvido.

— Pare, Doutor! Este exame está errado. Quero uma revisão em outro laboratório. Devem ter trocado meu exame, não tenho essa doença, apenas levei uma cotovelada.

— Senhor Paulo, sei que não é fácil receber uma notícia dessas, mas, infelizmente, o laboratório é de confiança e creio que teremos de iniciar o tratamento.

— Deixe o resultado comigo, vou pensar no que fazer – disse, enquanto esticava imperativamente o braço.

— Mas é claro, senhor Paulo, o exame é seu. Porém, retorne logo, porque há certa gravidade e urgência no seu caso.

Saí do consultório bastante perturbado. Não! Aquilo não podia estar acontecendo comigo. Eu visitaria todos os médicos do meu plano de saúde. Se necessário fosse, pagaria consultas particulares até que um especialista, finalmente, visse a verdade: meu problema não era um câncer, muito menos um câncer de mama, coisa de mulher. Meu problema era uma contusão causada pelo futebol. Futebol, porra!

Desorientado, preferi não pegar imediatamente a caminhonete. Em vez disso, decidi caminhar por uma praça onde passam, todos os dias, milhares de pessoas. Enquanto o povo passava, eu pensava: "toda essa gente saudável, andando de um lado para o outro, vivendo de maneira medíocre. Sou melhor que todos eles, não posso ter câncer!". Enraivecido, chutei a cerca que protegia algumas flores. Sem emitir um único som, senti um grito abafado, o maior de minha vida, um enorme "não" para aquela notícia aterradora.

Em seguida, minha angústia tomou outra direção. Pensei em minha tia solteirona que teve câncer de mama. Pudera! Uma mulher amargurada com a vida e com o mundo. Sua vida tinha mesmo de acabar assim. Nunca conquistara nada, nem mesmo conseguira se casar. Demorei um pouco para conseguir articular uma frase que hoje rejeito, mas que naquele momento parecia explicar bem o que estava acontecendo: minha tia havia merecido o câncer. Hoje sei que ninguém merece doença alguma.

Toda a minha formação religiosa veio à tona de forma súbita. Pensei em Deus, aquele velhinho barbudo da igreja, o Deus da minha avó que ia à missa todos os dias. Eu nunca havia sido um religioso praticante. Estaria Deus me castigando? Não existiria no mundo muita gente pior que eu? Por que teria sido escolhido para ter essa doença horrível? Por quê?

Julgava sempre ter todas as respostas e não me conformava em deixar essa sem solução. O que Deus pretendia fazer comigo? Esse Deus me parecia sádico. Muitas pessoas dependem de mim, tanto na empresa, como na família. Pensava que não podia ficar doente. Passei a me preparar para uma longa e dolorosa batalha com Deus.

Enquanto mil pensamentos passavam pela minha cabeça, senti uma tontura inesperada e decidi sentar em um dos bancos da praça. Caí num sono profundo ao me encostar. Imediatamente comecei a sonhar. Estava jogando futebol em um campeonato, e os dois times estavam uniformizados. Meu uniforme, no entanto, estava do avesso: camiseta, calção, meia e chuteira com a parte de dentro para fora. Achei isso muito estranho, mas, no sonho, tentei continuar jogando. Ninguém, porém, me passava a bola. Nenhum dos dois times sabia para qual lado eu estava jogando. Meus companheiros de time me viraram as costas. O time adversário me ignorava. Decidi dar um chute em um deles. O juiz marcou falta, mas, quando foi me repreender com um cartão amarelo, não conseguiu ver o número da minha camisa e deixou o jogo continuar.

Olhando para o uniforme ao contrário, chorei. No sonho, ainda vestido desse jeito, me vi de uma hora para outra no colo de minha mãe, que me dizia ao ouvido: "você joga no ataque". Olhei para ela e vi que seu rosto estava enrugado. Desviei o olhar por um instante e, quando voltei para ela novamente, percebi que eu estava de pé em um grande gramado. No chão, placas de metal nas quais estavam escritos os nomes dos meus pais, com as datas de nascimento e de morte. Também estavam lá os túmulos de avós, tios e tias. Sob a trave do gol, uma cova aberta e uma placa de metal ao lado. Nela constava meu nome, data de nascimento e de morte. Mas, mesmo me esforçando, não pude vê-la com clareza.

Acordei e notei o corpo inteiro molhado de suor. A cabeça latejava e sentia algumas câimbras pelo corpo. A boca estava seca e amarga. Os olhos, pesados. Ainda muito perturbado, consegui me acalmar um pouco e decidi voltar para casa.

HERÓI

Após o episódio do sonho, o Professor, finalmente, conseguiu tirar seus olhos daquele caderno e me olhou. Percebi a perturbação do amigo e instiguei o debate.

— Então, Professor, o que achou? O que há de mitologia nesse começo de história? É possível identificar o herói?

— Que anotações interessantes, Doutor! Elas só confirmam nossa conversa anterior. Sobretudo, fico muito satisfeito ao ver um ouvinte das minhas palestras capaz de aplicá-las no seu dia a dia de médico oncologista, identificando sinais e experiências que acontecem, e sempre aconteceram, em todos os povos do mundo, em todas as épocas. Mas vamos recordar juntos alguns conceitos e ver como se aplicam na história do seu paciente Paulo.

— Oba, uma aula particular de graça!

— Sempre engraçadinho, hein, Doutor? Em primeiro lugar, vamos ver se concordamos quanto ao que chamo de mitologia. Diferentemente da maioria das pessoas que consideram o mito uma mentira, ou simplesmente a religião dos outros, repleta de histórias inacreditáveis de deuses e deusas com poderes extraordinários, considero a mitologia uma porta para entrar no mundo do sagrado. E, por sagrado, entendo algo separado, diferente do dia a dia. Vem do latim *consacrare*, dedicado, oferecido aos deuses. Em português, dizemos que algo foi consagrado quando o fazemos sagrado, separado, dedicado.

— A consagração de um templo, por exemplo? – perguntei.

— Exatamente. Um templo é apenas uma construção de tijolos, pedras ou madeira. Quando essa construção está pronta, ela é consagrada durante uma cerimônia, ou seja, ela é dedicada ao deus específico ou para algum santo.

— Já ouvi várias pessoas dizerem que o domingo é um dia sagrado. O que isso quer dizer?

— Quer dizer que, dos sete dias da semana, as pessoas decidiram separar um deles para se dedicar ao divino. Nos seis restantes, as pessoas podem fazer o que quiser: trabalhar, passear, brincar. Mas consagram o sétimo dia para Deus. Pessoalmente, acho isso um pouco engraçado. Se Deus é tão importante, por que separar para Ele só um dia da semana? Todos os dias não deveriam ser sagrados? Aliás, penso que todos os momentos deveriam ser sagrados. Já pensou em uma vida em que cada momento fosse sagrado? Quero uma vida assim. Quando falamos dos santos, na verdade estamos falando de alguém que teve um tipo de vida sagrada todo o tempo. Mas, hoje em dia, ainda conseguimos achar algum santo ao nosso redor, no trabalho, na vizinhança ou mesmo em algumas religiões?

— Não, não conseguimos achar mais nenhum santo. Ninguém quer ser santo. Consideram um viver santo como ser "carola", alguém que vai à igreja todos os dias e obedece a todas as leis e regras. Não acho que isso seja um santo! – ponderei.

— Nem eu. Sou professor. Se fosse me comportar assim, deveria considerar minhas aulas apenas como uma forma de ganhar dinheiro. Meu contato com o sagrado teria de esperar até domingo, na igreja. Mas decidi ver as coisas de outra maneira: comecei a considerar algumas de minhas aulas como sagradas. Ao consagrá-las, eu as separo das aulas normais e as dedico àquilo que considero divino. Leciono a mesma matéria, mas com uma atitude mental diferente. A aula deixa, então, de ser um momento comum e passa a ser especial. Como a experiência funcionou, atualmente todas as minhas aulas são sagradas, a não ser quando me distraio, e aí elas voltam a ser comuns. Decidi também tornar sagrados alguns momentos do meu dia. De manhã, ao abrir a janela e ver o quintal florido, decidi não olhar para ele como se fosse comum. Decidi consagrá-lo. Para mim, diferente de todos os outros quintais do mundo, o meu virou um lugar sagrado.

— Sei do que está falando. O jardim de casa é tão bonito! Pode não parecer para as outras pessoas, mas, para mim, ele é o mais bonito do mundo! E por meio da beleza consigo entrar em contato com o divino. Acho que o divino está na beleza, que Deus é a beleza. Quando presto atenção, vejo e sinto a beleza no centro cirúrgico, no ambulatório, no consultório, em cada quarto de paciente.

— Isso! É disso que estamos falando. Chega de considerar como sagrado o momento que passamos na igreja, no templo ou em qualquer outro lugar que não seja o "aqui". Precisamos aprimorar o olhar para perceber que tudo é sagrado, que tudo pode ser consagrado, que um dia seremos capazes de santificar todas as coisas.

— E como o herói entra nessa história? – indaguei.

— Voltemos, então, às definições. A mitologia é uma porta de acesso ao sagrado. Como já vimos, sagrado quer dizer separado, diferente, à parte. O sagrado pode estar em todas as coisas, em todos os momentos da vida. A maioria das pessoas fala de religião. Eu prefiro usar a palavra mitologia. Para mim, a mitologia é diferente de religião, consiste em ter uma experiência mística, acessar diretamente o mistério subjacente a todas as coisas. Vista assim, a mitologia pode e deve se alimentar de rituais bonitos e plenos de conteúdo. Uma boa mitologia é aquela que nos ajuda a tornar a vida sagrada. A religião, por outro lado, tem se afastado da vida das pessoas. As igrejas mais tradicionais têm visto uma redução no número dos frequentadores. Religião é mitologia mal-entendida.

— E o herói? O paciente Paulo pode ser considerado o herói desta história?

— Calma! Em todas as mitologias do mundo existem personagens que se destacam dos demais. Podemos pensar no herói como um ser humano que arrisca a vida por um dever ou por outra(s) pessoa(s). Gosto disso. Um herói não pensa só em si mesmo, na sua satisfação, na sua saúde, no seu bem-estar. Ele considera que viver é algo mais que satisfazer apenas a si mesmo. Você se lembra da história de Prometeu, aquele que foi até a morada dos deuses gregos, no Olimpo, e roubou o fogo para dar aos seres humanos? Pois bem, ele é um herói. A mitologia grega está repleta de heróis. Na verdade, todas estão. Na mitologia egípcia, Osíris cumpre esse papel. Ele era um deus, rei dos egípcios, casado com a irmã Ísis. Sua aventura começa quando seu irmão Set o mata para se tornar rei no seu lugar. Trazido de volta à vida por um feitiço de Ísis, ele a engravida e cumpre sua aventura. Na mitologia judaica, Moisés é um grande herói. Tendo sido criado no palácio do faraó do Egito, ele ouviu o chamado à aventura ao ver um escravo hebreu ser espancado por um egípcio. Ao fugir para o deserto, ouviu a voz de Deus, libertou seu povo da escravidão e o levou até a Terra Prometida. Também temos vários outros heróis, como o profeta Jonas, que foi engolido por um peixe grande porque se preocupou mais com a sua própria vida do que em cumprir a vontade de Deus. Na mitologia hindu, com origem na Índia, o príncipe Arjuna é um grande herói na história do Bhagavad Gita. Ele reluta em cumprir o papel de general do seu exército e recebe uma visita do deus Krishna que muda sua visão de mundo e o restitui a seu devido lugar. Mohammed, ou Maomé, foi um grande herói para os muçulmanos, assim como o Buda para os budistas. Todos tiveram uma atitude altruísta.

— Interessante... Seguindo essa explicação, quais seriam os heróis na mitologia cristã?

— Jesus poderia ser considerado como o grande herói do cristianismo. Ele completou a jornada típica de um herói mitológico. Ele levava sua vida cotidiana como qualquer pessoa até receber o chamado à aventura, por volta dos 30 anos de idade. Retirou-se para o deserto para dar início à sua jornada interior, enfrentou as tentações do diabo, mas também encontrou vários auxiliares, desde João Batista até todos os seus discípulos e seguidores. Experimentou o grande momento do herói ao ser crucificado e dar a vida pela humanidade. Entrou no mundo dos mortos. Ao longo da jornada do herói, sempre ocorre uma passagem pelo mundo subterrâneo, pelo oculto, desconhecido.

Atualmente, interpretamos essa etapa, com a ajuda da psicanálise, como uma viagem ao inconsciente. Jesus, como herói, alcançou seu objetivo ao se reunir com o Pai e voltou, ao ressuscitar, para seu ponto de partida, seu povo, para anunciar-lhe a vitória sobre a morte. Uma bela história de herói, não? Alguém que passou a viver não mais centrado em si mesmo, mas nos outros. Jesus deu a vida por um ideal. Mas outras pessoas também se qualificaram: o apóstolo S. Pedro deu a vida pelo evangelho. Deixou a rotina singela de pescador, acompanhou seu mestre por alguns anos, apropriou-se de sua mensagem e passou a difundi-la até ser perseguido e morto. O apóstolo S. Paulo, entre todos os heróis, talvez tenha sido o que ouviu o chamado à aventura de maneira mais radical. Ao ter um encontro com Deus, ficou cego e, de perseguidor dos cristãos, passou a ser um dos maiores defensores da doutrina proposta por Jesus. Também morreu por seu ideal. Todos os mártires que morreram até que o cristianismo se tornasse a religião oficial do Império Romano também foram heróis. Dorothy Stang, a freira missionária norte-americana assassinada por fazendeiros na floresta amazônica há alguns anos, quando se envolveu nos conflitos fundiários em defesa dos oprimidos, é uma heroína mais próxima de nós. No cinema, Luke Skywalker, o personagem principal de *Star Wars*, é um herói tipicamente mitológico. Mitologia e heróis não são coisas do passado. Estão conosco no presente e os projetamos no futuro, na ficção científica.

— Acho que hoje em dia a palavra herói foi substituída por super-herói. Não concorda?

— Infelizmente, sim. Hoje, por algum motivo, preferimos tudo o que é super, mega, hiper, ultra. A diferença entre o herói e o super-herói é que o herói não tem, ou não precisa ter, nenhum superpoder. Ele é um ser humano, como a gente, e aceita sua convocação. Acho um grande erro pensar que são um tipo especial de pessoa. Eles são como nós. Aliás, acredito que, ainda hoje, todos nós somos chamados a sermos heróis.

— Como assim? Nós, eu, você podemos ser heróis?

— Doutor, eu o considero um herói.

Gargalhei, antes que o Professor pudesse explicar melhor.

— Não ria. Do pouco que o conheço, você já me provou que não pensa só em ganhar muito dinheiro, comprar desenfreadamente e guardar para a aposentadoria para poder continuar a comprar até morrer. Parece-me que ideais mais nobres governam sua vida, como a busca pelo conhecimento para iluminar aqueles com quem convive.

— Nesse sentido, o Professor também é um herói.

Pelo menos tem sido um para mim.

— Pense bem. A França tem um herói nacional: Napoleão. Os Estados Unidos têm seus heróis e adoram criar novos. No Brasil, quem são os heróis nacionais?

— Quando criança, aprendi que Tiradentes e D. Pedro I eram nossos maiores heróis. Quando acabou a ditadura militar, meus professores começaram a dizer que eles não eram heróis coisa nenhuma, que Zumbi dos Palmares deveria ser nosso grande herói. Confesso que tudo ficou um pouco confuso para mim.

— Não só para você. Sempre que menciono a palavra herói, percebo que muita gente pode até ficar comovida pela história, mas poucos querem ser como eles. Eu, não. Olho para a minha vida e reconheço que, em várias oportunidades, me comportei como um herói.

— Chegou a arriscar sua vida por algum dever ou pessoa?

— De certa forma, sim. Não que eu tenha pulado no rio Tietê em São Paulo para salvar uma criança ou algo parecido. Mas, ao decidir não estabelecer como meta somente o conforto e o bem-estar, decidindo ser menos consumista, acho que dei um passo no sentido de me preocupar também com os outros. Primeiro, eu me removo do centro do universo. Segundo, passo a considerar todos os que estão ao meu redor, primeiro os mais próximos, depois os mais distantes, até pensar em toda a humanidade. No fim das contas, descubro que não sou um ser isolado, mas que posso me identificar com toda a espécie humana. Minha vida assume, então, um sentido diferente.

— Se me lembro bem, essa é a principal diferença entre um herói e uma celebridade.

— Exatamente! Enquanto o herói pensa em algo além de si mesmo e está voltado para o outro, a celebridade pensa somente nela, está voltada para dentro, para si mesma. Geralmente é criada pela mídia, que a expõe como se estivesse em uma enorme vitrine. Considerar um ex-participante de *reality show* um herói seria um erro. Mas deixemos isso de lado para voltarmos à história de Paulo e tentar ver como ele pode ser paciente e herói ao mesmo tempo.

Gostei muito de rever esses conceitos iniciais com o Professor. Senti que acertei ao identificar meu paciente Paulo como um herói. Isso me deixou ainda mais motivado a continuar a analisar a história contida naquele caderno, sem saber ao certo o que descobriria. A busca pelo universo desconhecido da mitologia e do simbólico começava a se tornar excitante. Mas mal sabia que, na jornada de Paulo, havia espaço para outros heróis. A leitura do caderno de Paulo fora feita havia algum tempo e não me recordava com precisão do texto. Mas, desde o momento em que recebi o caderno, algo me dizia que havia um propósito e, talvez, eu o acabara de encontrar. Não resisti em continuar questionando o Professor.

PARTE 2

O CHAMADO À AVENTURA

CHAMAMENTO

Este começo da história do Paulo pode ser considerado como o início da jornada de um herói? – voltei a insistir na pergunta.

— O chamamento da aventura é o ponto de partida, mas nem todos os que o recebem se tornam heróis. É necessário que o personagem, neste caso o paciente Paulo, aceite o chamamento e se disponha a largar sua vida cotidiana, segura, tradicional e se embrenhar na floresta da aventura – explicou o Professor.

— Exemplifique para tornar mais claro.

— Você assistiu à série de filmes *Star Wars*? No Episódio IV, que, originalmente, foi o primeiro, o herói Luke Skywalker vivia no planeta Tatooine, sem saber direito de onde tinha vindo nem como fora parar ali. Mas vivia com seus tios e era agricultor. Certo dia, em uma confluência de forças no universo, ele foi escolhido para ser treinado como um cavaleiro Jedi e salvar a galáxia da dominação do Império que representava as forças do mal. Quando Luke voltou para casa e encontrou os tios mortos e tudo incendiado ao redor, ele poderia ter tomado duas atitudes: revoltar-se pelo acontecido e fechar-se em si mesmo, digerindo sua dor, ou tentar encaixar essas tragédias dentro de algo maior. Ao admitir a possibilidade de que haja uma Força maior subjacente aos eventos, Luke aceita participar da jornada a ele proposta. Durante sua aventura, acaba conhecendo e se reconciliando com o pai, Darth Vader. Também desfrutou da apoteose do herói, ao descobrir que a Força que tanto buscava estava, na verdade, dentro dele próprio. Tomando posse dessas conquistas, o herói volta para salvar seu povo e manter seus ideais. No caso do Paulo, de forma semelhante, podemos considerar que o personagem vivia sua rotina, cercado de certa ordem e se julgando pleno. O diagnóstico do câncer talvez possa ser considerado o chamamento à aventura. Mas, para Paulo começar a trilhar o caminho do herói, ele teria de aceitar o chamado – argumentou o Professor.

— O que acontece com quem não aceita o chamado? – questionei.

— O personagem que tinha a possibilidade de se tornar um herói seguirá seu próprio caminho, autocentrado, sem a chance de se dedicar a uma causa maior. O herói é aquele que vive para algo além de si mesmo. Nas histórias de mitologia, quando alguém recusa ouvir o chamado, sua vida tende a se manter dentro dos padrões da sociedade onde vive. Veja o exemplo do profeta Jonas. Ele foi chamado por Deus para pregar as boas novas à cidade de Nínive. Como não se sentia capaz de fazê-lo, fugiu para outra direção. Tudo na vida dele começou a dar errado. Tomou um barco que atravessou uma enorme tempestade. Todos os marinheiros se perguntavam por que aquilo estava acontecendo. Chegaram até Jonas e lhe perguntaram quem era, de onde vinha, para onde ia. Jonas, ao dizer que estava fugindo de um chamado de Deus, causou raiva naqueles marinheiros que o jogaram ao mar, quando foi engolido por um grande peixe. O final dessa história, nós já conhecemos: Jonas ficou na barriga do peixe por três dias até ser devolvido com vida. Esse exemplo mostra alguém que não respondeu ao chamado à aventura, precisando ser convencido pelas circunstâncias. No final da história, Jonas acaba se sujeitando à vontade de Deus e completa seu ciclo como herói, indo finalmente a Nínive e concluindo sua grande experiência. Você já teve algum paciente que não aceitou o chamado à aventura simbolizado pelo diagnóstico do câncer? Alguém que não quis sequer começar o tratamento? Alguém que, como Jonas, ao ser convocado, optou por seguir um caminho totalmente contrário ao que lhe foi proposto?

— Já. Parece incrível, mas mesmo hoje em dia, com a avalanche de informações sobre ciência, prevenção de doenças e tratamentos, existem pessoas que se recusam a se tratar. No começo da minha carreira como médico, deparei com essa situação e fiquei muito indignado com tal atitude de um paciente. Mas, com o passar do tempo, tal postura se repetiu algumas vezes com outros enfermos. Uma vez, um paciente jovem, com 30 e poucos anos, que precisava ser operado de um tumor, não aceitou se sujeitar ao tratamento proposto, e alguns meses depois, assisti à sua morte. Ele, ainda consciente, olhando para mim, sorrindo, me disse suas últimas palavras: "Como o senhor havia dito, agora é tarde demais".

Por muito tempo fiquei incomodado, aliás, ainda reflito muito sobre essa situação. Apesar de ter valor em alguns casos, ainda bem que essa não é a postura da maioria dos meus pacientes.

— Seu paciente Paulo, da mesma forma, ao saber que estava com câncer, poderia ter se revoltado, entrado em profunda depressão, negado sua condição. Ou seja, ele não estaria disposto a deixar de lado seu plano de vida e assumir o plano que a vida tinha preparado para ele. Se fosse esse o caso, Paulo não estaria entrando em nenhuma jornada, aproveitando a oportunidade de conhecer novas aventuras. Na mitologia, nem sempre o personagem convidado a virar herói aceita o chamado voluntariamente. Às vezes, ele é lançado na aventura sem muita opção. Em outros casos, o próprio personagem decide, sem que nada o empurre, a entrar na aventura por conta própria. Existem casos até de personagens que entram por engano. No caso de Paulo, ele foi sugado para esta nova fase da vida sem que lhe fosse oferecida nenhuma outra opção. É muito interessante perceber que, na história que Paulo está nos contando, ele já era um adulto, com certa estabilidade financeira, família constituída e aparentemente bem-sucedido. As pessoas passam por diversas fases, independentemente de onde estejam vivendo. Todo ser humano nasce, passa por uma fase infantil quando depende dos adultos, entra na fase adulta, na qual será produtivo para a sociedade em que vive, até ficar velho, voltando a certa dependência dos demais membros de seu grupo, até finalmente morrer e encerrar sua participação nesta terra. Uma boa mitologia deveria ajudar qualquer indivíduo de um determinado grupo a passar facilmente de uma dessas fases para outra. Para isso servem os rituais de passagem. Um menino, de uma tribo indígena, normalmente precisa passar por uma série de testes para ser considerado um adulto. Às vezes, para comprovar coragem, é desafiado a enfiar a mão em um formigueiro e não demonstrar sentir nenhuma dor. Paulo já havia entrado na fase adulta, mas, ao receber a notícia de sua doença, teve de rever o estágio da vida em que estava e se abrir para novas possibilidades de desenvolvimento pessoal. Seu paciente, ao ser diagnosticado, está na fase que muitos consideram o ponto mais alto, o clímax, o ápice. Uma série de condições favoráveis fez com que a vida dele reproduzisse o padrão de um homem de sucesso. Mas o destino tinha outros planos para ele. E agora, depois de vermos como Paulo foi chamado a experimentar aquilo que muitos heróis já haviam saboreado antes, como continua esta história? Estou muito curioso para continuar a ler os escritos dele – concluiu o Professor.

— Preciso de mais alguns dias para tomar fôlego sobre as nossas conversas, e, baseados em uma série de experiências que presenciei em meu consultório, poderemos continuar a ler e avançar neste projeto.

Nossa ansiedade, ao ler e reler o texto escrito por Paulo, fez com que outro encontro, de certo modo antecipado, fosse agendado.

— Puxa, Doutor, pelo visto adquiriu prazer em discutir mitologia – comemorou o sempre bem-disposto Professor.

— Confesso que esse não é meu dom. Parece-me que operar é o presente que Deus me deu como profissão. Apenas estou ansioso para continuar a interpretar esta história e a aprender mais um pouco com seus ensinamentos – respondi.

— Mas isso ainda vai demorar, a história de Paulo ainda está no começo...

— Eu sei, mas vamos fazendo um pouco por dia, até concluirmos a análise. — Sem dúvida, um pouco por dia – disse, voltando-se para os textos de Paulo. — Vamos ver o que Paulo vai nos revelar hoje.

CÂNCER

Cheguei em casa muito irritado e confuso com o sonho da praça. Pensei que tudo não passava apenas de um sonho, mas voltei à realidade ao rever o exame que levava no bolso. Câncer de mama em homem? "Estes médicos estão ficando malucos", pensei. Nem deve existir câncer de mama em homem.

Nisso, senti uma forte dor de barriga. Corri direto para o banheiro. Não consegui nem fechar a porta. Levei a mão cheia d'água ao rosto, mirei-me no espelho. Toquei novamente o peito, o que me fez lembrar da dor. Com olhar de quem acabou de ter uma ideia, corri para o computador, disposto a comprovar se existia mesmo esse tipo de câncer.

Na busca na internet, teclei "câncer de mama em homem". Uma série de resultados falava sobre o assunto. Uma incidência surpreendente que variava de 1% a 2% de todos os diagnósticos desse tipo de câncer ocorre em homens. Puxei o resultado do bolso, abri o envelope e li o resultado "carcinoma ductal invasivo".

Puxa, nunca soube disso, que absurdo! Na minha ignorância, pensei que deviam ter trocado meu exame. Certeza! Decidi checar também quem era o médico. Digitei o nome dele, copiando diretamente do cartão. O resultado me comprovou que o referido

Doutor era uma das maiores sumidades em cirurgia oncológica. Um médico com um currículo incontestável. Pensei, então, em outra possibilidade: o laboratório podia ter trocado meu exame por o de uma mulher.

Tentei ligar para o laboratório, mas, como já era tarde, não consegui. E minha busca por uma resposta foi interrompida pela chegada de minha esposa e meus dois filhos. Desliguei o computador e, ao ser questionado por minha esposa por que já estava em casa, respondi sem contestar:

— O escritório estava tranquilo hoje, tive aquela consulta à tarde, então resolvi voltar mais cedo para casa.

— E o médico, o que disse? – perguntou ela sem dar muita atenção ao meu problema.

Minha resposta foi semelhante:

— Está tudo bem, não deu nada no exame.

A rotina da casa continuou normalmente, só meu pensamento me incomodava sem parar. A noite foi longa e o sono não vinha. Esperar as horas passarem para ligar para o laboratório foi uma tortura. Até que o dia amanheceu e tentei ligar para o laboratório ainda antes das 8h, mas ninguém atendeu. Minha ansiedade era grande. Alguns minutos pareciam uma eternidade, mas, finalmente, consegui. E uma mensagem eletrônica me direcionou a uma atendente.

— Bom dia. Preciso conversar com o médico do laboratório sobre um exame errado. — Por favor, qual o nome do médico?

Lendo no rodapé do laudo médico, descobri o nome do patologista.

A conversa telefônica não foi muito proveitosa, mas minha insistência fez o médico agendar uma reunião para aquela mesma manhã.

Após conversar, pessoalmente, com o patologista e checar o resultado com ele, parecia que meu mundo iria cair, não havia alternativa. Eu, o Paulo, imbatível, estava com câncer de mama.

Chorei compulsivamente dentro do carro. Tudo parecia tão injusto. Por que eu? O que havia feito de errado? Sempre havia tido uma saúde de ferro. Como explicar para os amigos, parentes e colegas de trabalho que eu também estava sujeito a tal doença? O que eles pensariam? O que diriam na minha frente e pelas minhas costas? Julgar-me-iam inferior, um fraco. Diriam que a doença seria uma punição pelo estilo de vida que levava? Talvez eu tivesse que aguentar o familiar crente querendo me confortar usando aquelas chatas histórias de religião. Tudo isso bem no auge da minha vitalidade.

Outra coisa que me incomodava muito era o fato de o câncer ser de mama. Se fosse de próstata, pulmão ou mesmo no cérebro, talvez, não me humilhasse tanto, mas tinha que ser justo de mama? Coisa de mulher. Tudo havia ficado tão confuso e sentia uma enorme insegurança. Perdi o chão, como costumam dizer. Será que a morte não me cairia melhor? Não seria uma saída mais honrosa?

A depressão parecia iminente. Com muito esforço, consegui ligar o carro e vagarosamente, rua após rua, quadra após quadra, retornar para casa. Ainda no meio do caminho, liguei para a empresa e menti dizendo que estava indisposto e não iria trabalhar. Tudo parecia acontecer ao meu redor sem muita importância, eu olhava para o mundo como quem assiste a um filme. Eu não fazia parte daquilo. Em casa, minha mulher se aproximou, longe da vista das crianças, e expressou sua preocupação:

— Paulo, você está estranho esses dias. Sei que o excesso de trabalho na construtora o tem deixado cansado e distante. Mas vejo no seu rosto que você não está bem. O que está acontecendo?

Meus olhos se encheram de lágrimas. Toda a armadura emocional que me isolava do mundo das sensações foi desfeita. Minha esposa se lembrou da imagem que tinha de mim quando nos apaixonamos, vários anos atrás, no tempo em que eu ainda me permitia sentir a liberdade de chorar.

— Estou com câncer. Já fiz e refiz vários exames e parece não haver dúvidas entre os médicos que consultei.

— O quê? Desde quando você sabe disso? Por que não me falou nada? Que tipo de câncer? – perguntou, assustada.

— Câncer de mama. Aquela dor que eu vinha sentindo no peito não era a cotovelada do futebol. Já era o tumor se desenvolvendo.

— Como assim? Câncer de mama é coisa de mulher.

— Também pensei a mesma coisa. Mas já pesquisei e descobri que esse tipo de câncer ocorre em homens também, um em cada cem casos.

Minha esposa sentou ao meu lado. Ficamos em silêncio por alguns instantes até que ela retomou o interrogatório. A postura dela era totalmente diferente daquilo que eu esperava ou temia. Achava que ela se desesperaria, que sofreria até mesmo mais do que eu, que ela se fragilizaria e eu teria de cuidar dela além de precisar cuidar de mim. Durante o silêncio cortado por algumas frases soltas, eu temia que minha esposa usasse essa situação desfavorável para se distanciar ainda mais, quem sabe querendo até se separar e levar as crianças com ela, o que seria uma dor insuportável para mim, justo naquele momento. Eu estava passando por uma espécie de provação, algo maior do que eu. Já não tinha mais controle sobre o que aconteceria. Dali para frente, o futuro estaria à deriva. Mas, para minha surpresa, a reação de minha esposa foi muito diferente.

— O que o médico disse? Dá para tratarmos este câncer? Precisa operar? Existe risco de a doença se espalhar? O que temos que fazer? Faremos o que for necessário. Ouvi dizer que o importante nestes casos é não perder muito tempo e começar logo o tratamento.

Este tipo de reação me impressionou profundamente. Foi a primeira prova de que, talvez, as pessoas ao meu redor não fossem se comportar do jeito que eu imaginava. Jamais podia pensar que as poucas frases que minha esposa tinha acabado de me dizer pudessem representar tanto. Ela parecia estar assumindo, comigo, o desafio que me estava sendo imposto. Uma aliada na luta que, aos meus olhos, era só minha.

Neste momento experimentei algo novo em relação à minha esposa. Aquela mulher que até então eu via apenas como uma esposa mostrou-se de uma forma diferente daquela com a qual estava acostumado. Os poucos minutos de conversa que tivemos encheram-me de conforto. Desde que havia sido diagnosticado, eu não tinha ainda experimentado nenhum sentimento positivo. Era uma luz no fim do túnel, e fiquei, em silêncio, muito grato à maneira como minha mulher reagira a tudo.

Aquela conversa foi diferente de todas as outras que já havíamos tido. Contei, pela primeira vez, a alguém sobre minha doença, que significava para mim algo muito além do próprio câncer.

Representava minha fraqueza, minha limitação, meu desespero, enfim minha própria condição de ser humano. Efêmero. Quanto à minha mulher, passei, a partir deste momento, a enxergá-la com novos olhos. Não se tratava de voltar àquela paixão que sentíamos no começo do relacionamento. Parece-me que a doença despertou em nós um sentimento novo. A frieza e o marasmo dos últimos anos da vida em comum deram lugar a uma nova experiência. Minha mulher assumiu um papel muito maior do que jamais imaginei. A partir de então, nos tornamos parceiros, diferente da rotina praticamente independente que nos demos, em especial, após o nascimento das crianças.

Se, em algum momento, eu havia considerado a possibilidade de nem começar o tratamento, de fugir e largar tudo, percebi naquele momento que, se por um lado teria de enfrentar toda essa situação sozinho, na verdade não estava totalmente só. Depois de tanto pensar, consegui apenas reagir com as seguintes palavras:

— Obrigado. Você não sabe como seu apoio é importante para mim.

Minha esposa sorriu, apesar da profunda dor que sentia. A insegurança quanto ao futuro aos poucos veio à tona. E se o tratamento não desse resultado? E se eu morresse? Como ficaria a vida dela e a das crianças? Apesar do medo que sentia, ela encontrou forças para se sustentar e a mim.

Como é comum em várias famílias, a notícia da minha doença rapidamente se espalhou entre os parentes. Cada um se incumbia de avisar pelos menos dez outros, e não demorou muito para que um exército de pessoas tentasse entrar em contato comigo. Minha caixa de e-mails ficou rapidamente lotada de mensagens religiosas e de textos de autoajuda. O telefone não parava de tocar. Alguns, mais corajosos, chegaram a tentar uma visitinha. Momentos como esse parecem despertar nas pessoas uma solidariedade que até então estava oculta. Todos os que ouviam a história queriam de alguma forma ajudar o mais novo paciente, na tentativa de me dar apoio para enfrentar o monstro desconhecido. Para os que já haviam passado pela desagradável experiência, os monstros eram descritos com características próprias, formas, cores, tamanhos diferentes, cada qual do seu jeito.

Ouvir aquelas histórias incomodou-me profundamente. O estímulo que tivera ao compartilhar com minha esposa a doença, então tornou-se um peso depois que a notícia se espalhou. Em certo momento, acabei me isolando, não queria mais ouvir histórias de ninguém, não queria mais consolo ou votos de melhora.

Foi quando quase voltei ao estado depressivo pelo qual havia passado antes de contar à minha mulher sobre a doença. Para ocupar meu tempo ocioso, nesta semana difícil, passei a fazer algo inteiramente novo para mim. Coloquei uma coleira no Pipoca e pelas manhãs ou no fim de tarde saía para passear com ele pelo bairro. Eu estava triste, é verdade. Nunca havia dedicado ou perdido meu tempo com um cachorro, mas, de certa forma, sei que o Pipoca também compartilhava da minha tristeza. Inexplicável para mim. Confesso que em alguns momentos cheguei a travar uma conversa com o cachorro. Quem diria? Engraçado.

Imaginar que tudo o que estava se passando era apenas um pesadelo do qual não conseguia acordar, nem com um passe de mágica, me fez tomar uma decisão: resolvi retomar minha rotina normal, para evitar que ficasse o dia todo pensando apenas na doença e no sofrimento. Mas na construtora as coisas pareciam bem diferentes do que eram alguns dias atrás. Eu sabia que todos no escritório já sabiam da doença, mas, para minha surpresa, ninguém tocou no assunto. Pairava algo no ar, e eu não sabia se era delírio meu ou se as coisas realmente tinham começado a mudar. Sentia-me o centro de todos os olhares, quer nas reuniões, quer no cafezinho da tarde. Os antigos inimigos pareciam estar contentes, mas sem poder expressar. Os amigos... bem... acho que eu não tinha amigos no escritório, apenas meu assistente que era mais um grande puxa-saco do que propriamente um amigo. Foi em Benedito, de quem zombei na festinha por conta de sua situação no hospital, que encontrei um verdadeiro amigo. Percebendo a angústia oculta nos meus olhos, Benedito me chamou para um café. Aceitei, e ele, então, me disse:

— Preciso lhe dizer algo. Imagino que nesses últimos dias muita gente deve ter procurado você para dizer um monte de bobagem. Foi assim comigo também. Uma prima com quem não conversava há mais de 20 anos me ligou e quis participar do meu sofrimento. Absurdo! Um parente distante queria que eu fizesse uma operação espiritual. Outro quis que eu provasse uns chás. Nunca imaginei que houvesse tantos médicos especializados em próstata. O câncer ainda é uma doença que não tem cura, no imaginário popular. Todos pensam em uma morte com muita dor, o corpo mutilado. Apesar dos avanços da medicina, ter câncer ainda é quase como receber uma sentença de morte. E quase todo mundo morre de medo de morrer.

Identifiquei-me imediatamente com o Benedito e comecei a rir, algo que não fazia havia semanas. Lembrei-me de um treinamento no escritório no qual os funcionários são encorajados a demonstrar empatia. Aliás, só então entendi a palavra: a capacidade de sentir o que o outro sente, de se identificar com ele. O que antes era pura teoria de administração tornou-se real. Descobri, em um momento de grande clareza, que poderia aprender algo com o colega. Tal experiência de humildade deixou-me surpreso comigo mesmo.

— Confesso que não foi fácil para mim e também não será fácil para você – lembrou Benedito. — Sempre dói um pouco, apesar dos fortes remédios. A gente se sente um nada dentro de um hospital, e até nosso corpo deixa de ser nosso e passa a ser dos médicos. Eu já tenho idade e consegui me livrar da doença. Você é jovem e bem mais forte do que eu, portanto, será muito mais fácil para você. Tenho certeza de que vai se sair bem e logo estará de volta à empresa.

Fiquei olhando aquele senhor falar comigo, como se fosse um sábio, e suas palavras de certa forma aliviaram o peso da jornada.

— Sabe, Benedito, acho que pela primeira vez na vida estou com medo.

Aquela confissão a, até então, um desconhecido na intimidade fez com que eu me sentisse aliviado. E Benedito, que até então era desprezado por mim, viu um homem virar menino novamente. Deu uma risada e completou:

— Todos nós temos medo. Eu tive também.

— Benedito, deixe-me aproveitar a situação e dizer algo que tem me incomodado há vários dias. Para mim, é difícil reconhecer um erro. Não fui criado para me desculpar com ninguém. O que estou tentando dizer é que gostaria de pedir desculpas por aquele dia no escritório em que brinquei com você. Sei que a situação foi humilhante, e sou indesculpável. Mas, por algum motivo que ainda não sei explicar, vejo você e sua experiência com a doença de forma diferente agora.

— Paulo, você está desculpado. Seu pedido me permite tocar em outro assunto. Assim como você se sente hoje, também me senti desamparado quando comecei meu tratamento. Uma situação inusitada me aconteceu. Parece que a doença nos torna mais sensíveis às pessoas e às coisas. Veja só o que me aconteceu: Vinda de não sei onde, uma mulher que nem sequer sei o nome me ajudou da seguinte maneira. Foi uma situação meio estranha, porque, quando eu estava dando entrada no hospital, essa mulher, que já havia tido alta, estava saindo. Nosso primeiro e único encontro foi na recepção do hospital. Misteriosamente, ela se aproximou de mim e puxou conversa, o que serviu apenas para que ela fizesse o que estava planejando: abriu a bolsa e de lá tirou um anel. Estendeu a mão me oferecendo-o e disse: "Gostaria de lhe dar este anel. Use-o. Ele lhe trará sorte e fará com que tudo dê certo". Fiquei surpreso, mas aceitei o presente. Não sou supersticioso, mas, no estado vulnerável em que estava, acabei aceitando. Pensei comigo: se não fizer bem, que mal poderá fazer? Tenho usado-o desde então e, de uma forma que não sei explicar, tudo tem corrido bem. Se você me permitir, gostaria de dá-lo de presente a você.

Contando com minha aceitação, foi lentamente tirando do dedo um discreto anel formado por dois arcos unidos. Uma metade era prateada, a outra, dourada. Peguei o estranho anel da mão de Benedito e observei:

— Nunca vi um destes.

Ao colocá-lo no meu dedo anelar direito, percebi que o anel poderia ser usado dos dois lados. A metade de ouro poderia ficar em cima, à mostra, deixando a de prata oculta, por baixo, ou vice-versa. Naturalmente, brinquei com o anel, girando-o algumas vezes. Então, perguntei para Benedito:

— Você usa o lado da prata ou do ouro para cima?

— Das duas formas, e você vai saber quando usar uma ou outra.

— Vou usar o prateado para cima, gosto mais – disse olhando para a mão.

Benedito deu sinal de que queria encerrar aquela conversa, ao comentar:

— Paulo, ainda gostaria de lhe dizer uma última coisa. Deixe-me voltar uma última vez a falar sobre a brincadeira que você fez no escritório, sobre eu estar descoberto. Há uma explicação para isso, mas você terá que descobrir por conta própria. Não vou contar.

Despedimo-nos rindo. Senti-me bem melhor depois daquela conversa com Benedito. Era nítido que uma grande amizade estava nascendo naquele momento, algo sincero e verdadeiro, algo entre um herói que foi para a guerra e venceu e um soldado que ainda desconhecia o campo de batalha. O anel me faria lembrar daquela sensação de bem-estar proporcionada pelo ex-colega, agora amigo.

AUXILIAR

— Nossa! Vamos parar um pouco por aqui. Muito curioso ele usar o termo herói para se referir ao senhor Benedito – exclamou o Professor.

— Herói de guerra! – completei.

— Não tem importância, uma vez herói, sempre herói. A analogia entre a trajetória do paciente e a jornada do herói, talvez, não seja invenção sua. Parece algo maior. Curiosamente, o próprio texto de Paulo se referia ao paciente como herói de guerra – considerou o Professor.

— Então, Professor, o que achou? Podemos fazer uma interpretação mais aprofundada – provoquei, ansioso por uma resposta.

— Esta história está ficando cada vez mais interessante. Segundo o ciclo tradicional do herói em diversas mitologias, Paulo entrou agora num estágio da jornada em que precisa de ajuda. Aceitar o chamado à aventura foi uma decisão individual do herói. Mas, logo em seguida, o herói passa a enfrentar uma série de provações. Neste primeiro momento, como a jornada é nova para o personagem, ele pode se assustar e querer abandonar o ciclo. Por isso, todas as grandes mitologias mostram em seus mitos que surge do nada, neste momento, um auxiliar para o herói. Geralmente é alguém mais velho, mais experiente, mais sábio. Um guia, um mestre, um guru, cuja função é ajudar o herói nesta primeira fase de perigosas aventuras. Tal figura tende a aparecer apenas para aqueles que aceitaram o chamado à aventura.

— Professor, poderia citar um exemplo deste auxiliar?

— Claro. Na história de *Star Wars*, assim que o jovem Luke abandona sua rotina, ele encontra e se submete ao mestre Obi-Wan Kenobi. Igualmente importante nesta sua fase é a presença do mestre Yoda. Ambos ensinam ao futuro cavaleiro Jedi como identificar a Força dentro de si. Na lenda do Rei Artur, o mago Merlin cumpre papel semelhante. Na história do boneco Pinóquio, que queria se transformar em um menino de verdade, toda a jornada é acompanhada pelo Grilo Falante, que é mais do que simplesmente a consciência do boneco, assumindo o papel de guia a cada nova aventura. Se formos cuidadosos, sempre conseguiremos encontrar tal personagem tanto nas mitologias mais elaboradas, quanto nos contos de fadas, nas lendas populares, nos bons livros infantis e nos filmes – explicou, sempre com muita pertinência, o Professor.

— Entendi. Paulo, neste momento da história, já não é mais o mesmo Paulo de antes de saber que estava doente. Já mergulhou, a princípio contra sua vontade, na jornada do herói. Encontrou um auxiliar, Benedito, para lhe mostrar o caminho das pedras.

— Doutor, casos como este, do Benedito, ex-paciente, ajudando um novo paciente, são comuns?

— Sim. Algumas vezes no consultório chego até a propor um contato entre pacientes. Recentemente, um senhor diagnosticado com câncer de pele estava muito angustiado em fazer uma cirurgia de grande porte na região da virilha. Como tinha operado uma jovem, com o mesmo problema, duas semanas antes, coloquei os dois em contato. A jovem conseguiu transmitir vontade, segurança, determinação ao senhor que estava temeroso. Isso fez com que ele tivesse tranquilidade e coragem para enfrentar a cirurgia. Outra situação comum é a conversa entre os doentes na sala de espera. Os que já foram operados, algumas vezes reconhecidos por curativos à mostra, acabam sendo abordados por novos pacientes e, muito informalmente, transmitem sua experiência e garantem conforto.

— Parece-me uma situação similar a uma viagem para um lugar desconhecido. É natural que se procure informações em livros, guias de viagem, na internet. Mas sabemos que as melhores dicas vêm dos que já estiveram no mesmo destino. É por aí?

— Sim.

— Qual será o próximo passo do seu paciente Paulo?

— Neste momento, os pacientes precisam passar por uma etapa decisiva. No caso do Paulo, foi passar por uma cirurgia.

— É sempre assim?

— Nem sempre. Os tratamentos para o câncer são basicamente cirurgia, quimioterapia, radioterapia e hormonioterapia. Podemos combinar esses tratamentos dependendo do tipo de tumor. É nessa hora que o paciente experimenta o dissabor da terapia e enfrenta eventos que o marcarão mais profundamente. Veja o caso do Paulo. Depois da conversa com Benedito, Paulo ficou mais seguro para enfrentar o próximo passo do tratamento. Decidi, como médico, que ele passaria por uma cirurgia para retirar o tumor.

— Então, vamos continuar a história. Parece-me que agora, finalmente, nosso herói Paulo vai atravessar uma fronteira, vai mergulhar no seu mundo inconsciente, e me parece que isso acontece, na história dele, exatamente durante a cirurgia. Podemos chamar essa passagem de travessia do grande portal, do limiar que separa os dois mundos. Acho que é um momento de muita importância para o Paulo. Não tenho ideia de como ele enfrentou essa situação. Mas acho que não foi fácil descrevê-la. Acho que o Paulo, realmente, é muito corajoso e capaz por colocar em palavras todos esses sentimentos.

— Realmente ele se tornou uma pessoa muito especial.

— Bom, quando vamos continuar a ler as anotações de Paulo?

— Assim que possível, marcarei um novo encontro.

— Vou tentar não prosseguir no texto.

— Se por acaso continuar a ler, relemos juntos depois.

Alguns dias se passaram sem que nos encontrássemos. O Professor continuava suas aulas, enquanto eu me dedicava à medicina, operava pelas manhãs e atendia no consultório nas tardes. Aquelas conversas com o Professor, de certa forma, invadiam constantemente meu pensamento. Era inevitável tentar avançar nas reflexões sobre meu cotidiano. Queria contar-lhe detalhes da relação entre médico e paciente, entre o paciente e a doença. Mesmo estando trabalhando nessa área há muito tempo e acreditando ter experiência, senti na releitura a possibilidade de uma nova maneira de ver as coisas. As conversas com o Professor eram muito proveitosas, sem dúvida, mas, se por um lado eram saudáveis, por outro eu necessitava de um tempo para que as ideias se encaixassem nos seus respectivos lugares.

Passados alguns dias, consegui uma folga e telefonei ao Professor.

— Professor?

— Fale Doutor!

— Ainda se lembra de mim? – perguntei, ironizando minha ausência prolongada.

— Não vamos continuar a história de Paulo? Estou esperando sua visita há semanas. Aconteceu algo? Algum imprevisto?

— Não, Professor, apenas a rotina infindável de trabalho de um médico operário – completei o comentário com um sorriso.

— Quando nos vemos?

— Quando quiser. Hoje? – sugeri sem muita confiança.

— Ótimo, hoje às 8. Combinado.

Ao desligar o telefone, senti certa euforia porque identifiquei a alegria do Professor pelo telefonema e sua ansiedade por caminhar no texto de Paulo.

À noite, ao nos encontrarmos, sem muita delonga fomos diretamente ao texto e imediatamente a voz do Professor dominou o ambiente, narrando mais passagens da trajetória de Paulo.

SONHO

Vinte e oito dias após o diagnóstico inicial foi marcada a cirurgia. Conforme a data se aproximava, fui ficando cada vez mais apreensivo. Sabia de casos de pacientes que haviam morrido durante a cirurgia. Afinal, o corpo está debilitado e muito vulnerável. Tal percepção fez com que eu revisse minha vida até então e tentasse encontrar nas minhas experiências algum enredo maior. Ainda sem entender completamente tudo o que se passava, fui para a internação, um dos momentos mais complicados. Para olhares externos, talvez não tivesse muita importância, mas, para mim, foi muitíssimo difícil e constrangedora.

Chegando ao balcão de atendimento, a recepcionista olhou apenas para minha esposa e perguntou:

— Qual é o nome do seu ginecologista?

— Não sou eu quem vai se internar, é meu marido.

Sem dizer nada, apenas retorcendo o rosto, a funcionária do hospital demonstrou indignação, surpresa e falta total de preparo para aquela situação pouco usual.

Isso foi apenas o começo do que me esperava. Nesta altura, já não me incomodava com tal impasse.

Ainda em pé, na entrada do hospital, cochichei com minha esposa:

— Estou confiante, mas com um pouco de medo – falei, arregalando os olhos.

Ela olhou para mim com um sorriso terno e disse:

— Eu também estou, mas tenho certeza que você vai se sair muito bem.

Nos entreolhamos com uma cumplicidade que havia muito tínhamos perdido.

Sorrimos e caminhamos em silêncio pelo longo e frio corredor. À nossa frente, ia uma jovem vestida de branco, carregando sua pasta em direção ao desconhecido.

— Chegamos, senhor Paulo – disse a jovem. — Fique à vontade, logo a enfermeira da ala virá orientá-lo.

— Como você se chama? – perguntei, surpreendendo minha esposa ao mostrar interesse por alguém desconhecido.

— Rosana – respondeu de forma tímida.

— Obrigado, Rosana.

Sem demora, a enfermeira da ala entrou no quarto e, de forma objetiva e prática, me deu uma série de informações sem chance de respostas. Encerrou sua explanação de modo protocolar:

— Alguma dúvida, senhor Paulo? E quanto à sua esposa?

— Não – respondi com um discreto sorriso e uma nítida expressão de pavor em meu rosto.

O momento estava chegando, e meu coração parecia sair pela boca. A garganta mais seca do que nunca pelo jejum e pela ansiedade. Já não sentia meu peito, respirei profundamente enquanto vestia o ridículo aventalzinho azul. Neste momento, me lembrei do amigo Benedito e ri sozinho.

— Do que está rindo? – perguntou minha esposa.

— De nada, querida. Este avental é igual ao do Benedito, quando ele foi operado em outro hospital.

Sem dúvida, as conversas com o Benedito me haviam dado ânimo e coragem. Parecia conhecer os passos que iria seguir. E, de vez em quando, eu brincava com o anel no dedo, fazendo-me lembrar do amigo. Nisso, ouvi uma batidinha na porta e um enorme barulho de metal. Primeiro, entrou a maca e na sequência um jovem alto, forte, vigoroso. Puxou do bolso uma lista dobrada e disse:

— Senhor Paulo?

— Sim.

— Está pronto?

— Sim.

— Eu sou o maqueiro. Por favor, deite-se na maca que o levarei até o centro cirúrgico.

— Mas posso ir andando – afirmei com falsa segurança.

— São normas! – respondeu. — Aliás, o senhor terá de tirar este anel, bem como qualquer objeto metálico que ainda carregue.

– Preciso ficar com este anel. Ele tem valor simbólico para mim.

— Desculpe, senhor Paulo, mas o guardaremos. É por causa do bisturi elétrico que pode queimar seu dedo, caso haja algum metal em contato com seu corpo.

Finalmente concordei em deixar o anel, colocando-o na gaveta do criado-mudo ao lado da cama. Ao subir na maca, tive a preocupação de segurar a abertura do avental nas costas para não me expor aos presentes, minha esposa e o desconhecido rapaz. Deitado, recebi um fino lençol sobre o corpo. Ao atravessar a porta do quarto, senti como se estivesse começando uma viagem rumo ao desconhecido. A maca andava tão depressa que mal conseguia definir as luzes que passavam pelo teto do corredor, símbolos do tempo ou do espaço, como em um filme de ficção científica. Talvez já fosse o efeito do pré-anestésico. Resolvi relaxar, visto que já não podia ter controle sobre a situação.

— Boa cirurgia, senhor Paulo – disse o maqueiro.

— Obrigado.

— Valeu – respondeu o maqueiro no auge de sua juventude.

A enfermeira-chefe entrou no quarto e, com voz imponente, disse:

— Senhor Paulo, sou a enfermeira-chefe e o encaminharei para a sala de cirurgia. Ajude-me – disse, chamando outra moça que estava próxima.

— Qual sala? – perguntou.

— Dez.

— Como o senhor se chama? – perguntou.

— Paulo.

— Eu sou a circulante da sala. Pode ficar bem tranquilo porque seu médico é excelente. Vai dar tudo certo.

— Obrigado por tentar me encorajar – agradeci, rindo.

— Pode deixar, ficarei de olho no cirurgião. Se ele fizer alguma coisa errada, chamarei a atenção dele – disse ela, rindo e criando um clima descontraído.

— Senhor Paulo? – perguntou uma moça.

Eu estava um tanto perdido em meio àqueles vários desconhecidos, todos vestidos da mesma maneira. Calça e camisão azul desbotado, gorro, máscara branca e uma meia de papel sobre os sapatos, também branca.

Então a moça continuou falando:

— Meu nome é Elisa, sou anestesista. Vou explicar tudo para o senhor. Fique tranquilo que logo tudo isso acaba.

Respondi apenas fazendo um sinal com a cabeça, levantando-a na tentativa de ver o que estava acontecendo ao meu redor.

— Calma, Paulo. Estou apenas colando essas medalhinhas no seu peito e agora esses fios coloridos: amarelo, verde, vermelho, azul e preto. Pronto. Queremos acompanhar seus batimentos cardíacos no monitor. Tudo isso é rotina. Agora o aparelho de pressão no braço...

Assim a anestesista foi me preparando, instalando os equipamentos, enquanto as drogas eram colocadas dentro das seringas.

— Doutor, de que lado o senhor vai ficar? – perguntou a anestesista.

— Do lado esquerdo – respondeu meu cirurgião, sem demora.

— Senhor Paulo, vou pegar uma veia aqui na mão direita – disse Elisa, passando um garrote elástico sobre meu braço e dando umas batidinhas com o dorso da mão. A seguir, passou um algodão gelado na minha mão e disse:

— Uma picadinha.

— Picadinha? Não tinha uma agulha mais fininha, Doutora? – reclamei.

— Infelizmente você vai precisar desta agulha maior. Não tem jeito. Mas, a partir de agora, o senhor não vai sentir mais nada. Todas as injeções serão nesta borrachinha – disse apontando para o equipo do frasco de soro.

Uma sucessão de seringadas na borracha: midazolam, fentanil, rocurônio e propofol invadiram minhas veias até chegarem ao meu cérebro. Rapidamente me distanciei da realidade. Senti-me relaxado, como se estivesse bêbado, mas tranquilo. A voz da anestesista ia parecendo mais alta:

— Respire fundo, Paulo, respire fundo nesta máscara de oxigênio que estou colocando em seu rosto – falava Elisa cada fez mais alto, enquanto eu ouvia cada vez menos.

Enfim, perdi completamente os sentidos.

— Laringoscópio, o tubo de anestesia, estetoscópio. Agora já podemos fixar o tubo nesta posição. Esparadrapo, conexão. Pode ligar o respirador. Vamos proteger os olhos do paciente. Pronto, Doutor, o paciente é todo seu agora.

O início da cirurgia se deu ao mesmo tempo em que, sob os efeitos das drogas anestésicas, comecei a sonhar. Pelo menos parecia ser um sonho...

Não acreditava que pudesse existir uma praia como essa. Achei que só existisse na nossa imaginação. Que delícia correr nesta praia... esta brisa no rosto... A areia não é dura a ponto de machucar o pé, nem fofa o bastante para fazer doer a panturrilha. Parece macia como um gramado. Engraçado. Tanto faz estar perto ou longe da água, a areia não muda de consistência. Corri imediatamente para dentro da água que estava morna e totalmente límpida. Não havia nenhum grão de areia suspenso. Veja isso... peixinhos coloridos... estou em um aquário natural... De dentro d'água, a imagem da praia é paradisíaca. Os coqueiros contornam a orla, montanhas verdes ao fundo. Tudo perfeito. Estou só, nem havia notado, onde estão todos? Será que ninguém mais conhece esse lugar? Vou trazer um monte de gente aqui. Ninguém vai acreditar, é o lugar mais bonito do mundo. Darei umas braçadas... Curioso: não existem ondas por aqui? Será que tudo isso é artificial? De volta para a areia, uma enorme cesta cheia de frutas coloridas, deliciosas. Mais à frente uma fogueira com um peixe espetado sobre um suporte, úmido e suculento. Nossa, que delícia! Ah, a barriga cheia, que satisfação! E este céu? Nem sei ao certo, acho que sim. Deitado aqui na areia fina, vejo-o mais azul e límpido como nunca reparei. Já escureceu? A água parece ainda mais um espelho, imóvel. O ar completamente parado, nenhum barulho, nenhum inseto. A lua nascendo enorme, maior que o céu, deixando tudo tão claro, um lindo final de tarde. As horas não passam, quanto tempo vou ficar aqui? Mesmo tendo comido o dia todo, a cesta de frutas estava intocada, o peixe ainda inteiro... Nada muda, apesar da minha interferência. No silêncio, um latido. Agucei os ouvidos para tentar localizar de onde vinha o latido, que crescia e ecoava por todos os lados, parecia que eu estava dentro de uma catedral com um eco enorme. O som aumentou de tal forma que tampei os ouvidos, pressionando com força as mãos sobre as orelhas. Fechei os olhos e me encolhi sobre a areia. O latido foi substituído por uma amigável lambida: quente e úmida. Removi as mãos do rosto, estiquei o corpo, abri os olhos e não acreditei.

— Pipoca! Você por aqui? Como chegou nesta praia?

Opa! O mar se mexeu? Pequenas ondas, ondas maiores... Corro. Pulo. Grito: viva! Loucura... o mar se mexe, não sei o porquê. E esse barulho enorme? Mais ondas, parecem que só vêm de noite.

— Olhe, Pipoca!

De forma estranha, observava a mim mesmo, como se assistisse a um filme, sem poder interferir no personagem. O prazer que sentia até então, naquela praia, deu espaço a certa ansiedade. A paisagem paradisíaca ao poucos dava lugar a maus pensamentos. Pipoca postou-se em alerta. Armou as orelhas, tensionou a musculatura, parou de abanar o rabo e ficou estático, olhando para o mar agitado. As ondas foram ficando cada vez maiores, invadindo completamente a praia. Pensei em procurar abrigo e ordenei que Pipoca fugisse, mas ele permaneceu estático e foi engolido pela onda gigante. Saí correndo em direção à mata, e, a poucos metros da praia, para minha sorte surgiu uma imensa montanha rochosa. Uma abertura em sua base parecia uma porta, escura, mas, ainda assim, era a única opção. Entrei. Concluí que o mar estava me empurrando para dentro da montanha. Apesar da escuridão, não tive dúvida. Passei pela entrada. Uma escuridão enorme. Não conseguia ver nada... Tudo se tornou uma grande penumbra.

Eu estava dentro de uma enorme caverna. Tive, de repente, a impressão que uma enorme pedra havia se movido e fechado a entrada da caverna, mas, no instante seguinte, percebi que não se tratava de uma pedra. Era um monstro. Sentia calor naquele ambiente tão úmido. Um monstro? Estava com medo. Não podia acreditar. Um caranguejo gigante, do tamanho de uma casa. Com patas articuladas e enormes presas que, ao se fecharem, produziam um estrondo que ecoava por toda a caverna. Com movimentos lentos, foi vagarosamente se mostrando até ficar totalmente em pé. Era um gigante, deixando a marca imensa das patas cravadas no chão. Seus olhos saltados giravam de forma desordenada, um para cada lado, observando tudo. Em certo momento, os olhos finalmente pararam, focando diretamente meu corpo. Arrastando a enorme carapaça, partiu em minha direção. Tentei fugir, mas não havia onde ir. Estava preso em uma caverna com um caranguejo gigante! Um leve toque de suas patas e eu sucumbiria. Pensei, assustado, em quão repugnante era o bicho.

Peludo, o monstro tinha uma garra direita enorme, desproporcional. Abriu e fechou-a várias vezes, fazendo um barulho insuportável. Tentei abafar o barulho levando as mãos às orelhas, sem muito sucesso. O caranguejo gigante me encurralou, como uma presa, e passou a se divertir comigo. Ao perceber uma brecha, joguei meu corpo para trás, arrastando as pernas e ganhando o primeiro metro... O monstro reagiu à fuga, agarrando um pedaço da minha pele na altura do coração. O sangue escorria de forma incontrolável. Jorrava sem parar. O chão da caverna foi ficando vermelho, e eu já não conseguia mais me mexer. Estava fraco. Finalmente, o caranguejo gigante preparou o último golpe e, apoiado nas patas traseiras, levantou-se. Mais do que ser esmigalhado pelas presas, temia que aquele enorme corpo me esmagasse. Como último reflexo, olhei ao redor e encontrei uma agulha escondida no chão. Era de aço e bem afiada, com mais de dois metros de comprimento. Num esforço brutal, com o braço direito, que não estava ferido, consegui levantá-la junto ao meu corpo. No exato momento em que o caranguejo pulou sobre mim, encontrou apenas o aço da agulha atravessando sua carapaça, na altura do abdome. O animal se debateu por um longo momento antes de morrer. Uma espuma pegajosa, espessa, desceu pela agulha e lambuzou ao meu redor. Fiquei encharcado por aquela gosma e temi me afogar. Não conseguia respirar. Estava morrendo afogado. Quase sem esperanças, ouvi uma mulher:

— Acorde, Paulo! Abra a boca. Vou aspirar esta secreção que o está sufocando e tirar o tubo. Abra bem a boca. Sua cirurgia já acabou. Foi tudo bem – disse a anestesista Elisa.

— A agulha grande... obrigado... – sussurrei palavras sem sentido para os que ouviram.

— A agulha está bem. Deu tudo certo. Não se preocupe, apenas descanse – confortou a anestesista. Falando baixinho, dirigiu-se aos outros membros da equipe médica:

— Ele está confuso por causa da anestesia. Isso é normal. Não sabe o que está falando.

— A agulha... obrigado, Doutora...

— Descanse, Paulo. Já acabou.

— Ele estava preocupado com a agulha – disse ela, olhando para todos na sala, que riram.

Ao todo, a cirurgia durou três horas. Após concluída, fui levado de volta ao quarto. Ainda sonolento, e depois de muito tentar, acabei encontrando uma posição confortável. Confortável? Estático e sem dor, a não ser que me movesse. O corpo encolhido, deitado do lado esquerdo, o braço direito esticado ao longo do corpo. O rosto estava voltado para a janela. Já totalmente lúcido, ao passar a mão sobre a nádega, percebi que estava descoberta e voltada para a porta. Sem força e sem vontade de achar o lençol para me cobrir, sorri, lembrei-me do meu amigo Benedito e sussurrei: — Então era isso, Benedito? Bem que você me avisou.

Estiquei o braço com um enorme esforço até a cômoda, abri a gaveta e saquei o anel. Coloquei-o no dedo, desta vez com a face dourada para cima.

VIAGEM AO INCONSCIENTE

— Vamos parar neste ponto. Fantástico! Estou cada vez mais impressionado com a história de Paulo. Não sei onde o Doutor arrumou este paciente, mas acho que gostaria de conhecê-lo um dia – interrompeu o Professor com entusiasmo.

— Encontrei o Paulo no meu cotidiano de médico, é claro! – respondi, rindo, ao ver um leve sorriso do Professor escapar pelo canto da boca.

— Fantástico texto – repetiu com muito prazer. — Vamos fazer uma análise. A cirurgia, que poderia ter sido descrita como algo simples, tecnicamente falando, passou a assumir um papel bem diferente. O importante não é o procedimento cirúrgico em si, mas o simbolismo representado no sonho de Paulo. Por exemplo, a agulha cirúrgica assume, no sonho, o papel de uma lança, instrumento muito utilizado por heróis de outras eras. Também reproduz o papel de uma espada. São todos símbolos fálicos, representando a virilidade do herói e sua coragem. No mundo de hoje, é um pouco difícil pensar em atos heroicos. As pessoas logo pensam em um bombeiro arriscando a vida para proteger outros, alguém pulando em um rio para salvar um afogamento, um policial arriscando-se para interceder por uma refém tomada durante um sequestro. Mas os atos heroicos clássicos são muito mais sofisticados, ricos em símbolos. Assim, gostei muito do texto trabalhar essa questão simbólica não por meio de atos físicos literais, mas de uma manifestação inconsciente dos símbolos no sonho do paciente. Curiosa a presença do cachorro Pipoca, que, neste caso, tem apenas uma relação com o verdadeiro Pipoca no sentido figurativo. Agora, no sonho anestésico, o cachorro representa todo instinto animal do Paulo. O cão não desaparece no mar, mas para o interior de Paulo, e o torna apto a enfrentar a escuridão da caverna. O instinto de luta, primitivo, da própria sobrevivência. O auxílio ao herói, por um animal, é um tema muito comum nas mitologias. Se pensarmos que, como espécie, nós, humanos, vivemos na Terra há uns 100 mil anos, não podemos nos esquecer de que fomos caçadores na maior parte do tempo. Só nos últimos 10 mil anos, aproximadamente, é que inventamos a agricultura. Até então, caçávamos, e nossa relação com os animais era diária e intensa. Em vários mitos e lendas surgem pássaros, raposas e até cobras para ajudar o herói. Em nossa história pessoal, ocorre algo semelhante. Na infância, temos uma relação muito próxima e afetiva com os animais, que arrefece conforme viramos adultos. Na escola do meu filho, no primeiro ano do primário, pede-se aos alunos que façam um projeto individual, com tema livre. Quase todos escolhem bichos, a ponto de os professores não deixarem que esse assunto se repita nos anos seguintes. Na história de Paulo, o caranguejo representa a ameaça da força animal; e Pipoca, o auxílio. E, é claro, o caranguejo também é chamado de câncer nos mapas astrológicos. A imagem da praia no texto foi muito feliz. Em certo momento do sonho, Paulo sai do mar e entra na caverna. A passagem pela água é muito comum em diversas aventuras de heróis. Moisés cruzou o mar Vermelho, Jesus foi batizado por João Batista, Neo (do filme *Matrix*) é gestado em uma cápsula transparente e cheia de líquido. Paulo, ao entrar na água, experimenta aquilo que, na tradição cristã, é simbolizado pelo batismo. Nesta cerimônia, a pessoa é submersa ou aspergida com água, representando que ela está morrendo para uma vida anterior e pronta para nascer em uma nova esfera de existência. Paulo foi batizado no mar, morrendo para o "velho" Paulo e nascendo de novo. Outro ponto interessante é a mudança de sensação durante o sonho. No início, Paulo parecia estar no paraíso, mas, ao aproximar-se do âmago da sua experiência, ele reconhece que estava entrando no "inferno". A passagem pelo limiar não é uma experiência muito agradável para o herói. É hora de ser crucificado, desmembrado, engolido. Nessa hora, o herói precisa mostrar coragem e perseverança. A entrada na caverna também é muito rica. A caverna simboliza o mundo interior, subterrâneo, inconsciente. Também pode representar o interior de um templo. É uma réplica do útero que nos gerou a todos. Paulo morreu nas águas e entrou novamente no útero simbólico para renascer após a cirurgia. Novamente, podemos usar os exemplos de Jesus e Jonas. Jesus foi sepultado por seus discípulos, permanecendo assim por três dias. Jonas foi engolido por um grande peixe e também ficou três dias no ventre do animal. Curiosamente, a cirurgia de Paulo durou três horas. A caverna, no seu texto, era um lugar escuro. A viagem do herói prevê, neste momento de cruzar o limiar, a entrada na escuridão, em uma esfera de experiência totalmente desconhecida do herói. Tal escuridão pode representar, por exemplo, na experiência de uma criança, a ausência do olhar paterno, e em um indivíduo adulto, a ausência da proteção do grupo. Em ambos os casos, o herói se encontra em uma esfera de total solidão, muito bem representada pela experiência de Paulo na praia. Por fim, a vitória sobre o caranguejo é, sem dúvida, muito similar à luta de um cavaleiro medieval com um dragão. Lembra-se das histórias de dragão? O monstro rapta a princesa e obriga o herói a lutar para reavê-la, e essa criatura é sempre descrita, em todas as mitologias, como muito maior e mais forte que o herói. Esse, no entanto, utiliza sua astúcia e inteligência e consegue vencer sempre no final, assim como ocorreu com Paulo. Assim como na história de Davi e Golias, tendemos a torcer sempre pelo mais fraco quando existe uma batalha desigual de forças. Nesta história, não há dragão, mas caranguejo. Achei esse símbolo muito sutil e muito apropriado. Gostei muito do retorno de Paulo da anestesia, quando a gosma do caranguejo vira a própria saliva do paciente, unindo de forma orgânica a experiência inconsciente com a cirurgia. O que aconteceu, no caso de Paulo, foi uma simbolização inconsciente criando uma nova narrativa. Mas, como ficou bem claro, na verdade, quando lidamos com mitos não estamos criando nada novo. Os mitos são eternos e tratam das questões mais profundas da experiência psicológica dos seres humanos de todas as eras e de todos os lugares.

— E essa foi a magnífica análise do Professor.

— O que mais me impressiona é a riqueza de informações que o Professor consegue extrair de um texto que, em princípio, seria apenas a experiência de um paciente. Não sabia que o senhor era um exímio interpretador de sonhos – comentei, jocoso, como é da minha natureza quando me sinto à vontade entre amigos.

O Professor abaixou a cabeça, rindo discretamente, e disse:

— É incrível como consegue trazer humor a tudo que você comenta. Acho isso muito agradável.

— Acho que é o hábito de tentar fazer as pessoas mais felizes, rindo. Pena que, às vezes, nem todos me entendem – disse, rindo novamente.

— Acho que ainda conseguiremos avançar, no momento certo, à medida que nosso Paulo transcreve de modo riquíssimo sua experiência. Nosso herói acabou de vencer seu inimigo caranguejo. Agora vamos aguardar – sugeriu o Professor.

— Acredita que haverá uma mudança na personalidade de Paulo após a cirurgia? Isso pode acontecer imediatamente? – perguntei.

— Até pode, mas, na vida real, não existem varinhas mágicas, e as pessoas mudam. Mudam e pronto. Eu acho que o Paulo precisa digerir ao longo de uns meses tudo o que aconteceu. Mesmo sem terminarmos de ler o caderno dele, já conseguimos prever as páginas seguintes – esclareceu o Professor.

— Quimioterapia! – exclamei.

— Não entendi...

— Depois de uma cirurgia oncológica, muitas vezes, complementamos o tratamento com quimioterapia, e isso pode levar alguns meses.

— O Paulo foi seu paciente e agora me parece que é seu amigo. O Doutor já leu o caderno uma vez, portanto, estou em desvantagem, já que não sei o que vai acontecer.

— Sabe, Professor, às vezes você fala e eu levo um tempo para entender. Acho que preciso de maturação para enxergar todo o cenário. Portanto, fico feliz em estar em vantagem algumas vezes – comentei, rindo.

— Só o tempo nos leva ao verdadeiro conhecimento. E, para isso acontecer, ainda precisamos de duas mulheres e um homem – considerou o Professor.

— Eu digo que, às vezes, não entendo o que diz – zombei, novamente.

— Também você não espera eu terminar! Calma, deixe-me falar. As mulheres são: a reflexão e a leitura.

— E o homem...?

— O vinho... Um bom vinho – concluiu, bem-humorado, fazendo-me rir também com sua brincadeira.

PARTE 3

A APOTEOSE

ENVOLVIMENTO

Os diálogos com o Professor eram entusiasmantes. Eu sabia que, de certa forma, ainda havia algo para ser ensinado e aprendido. O método que ele utilizava era perspicaz. Não dizia tudo, sempre conseguia deixar um ar de mistério e uma ponta de curiosidade impregnada na minha mente. Cheguei a pensar que essa era apenas uma técnica antiga, utilizada com adolescentes para que eles atingissem algum objetivo. A estratégia era dizer que a pessoa não consegue só para vê-la terminar o trabalho. Mas, no caso do Professor, para mim, soava diferente. Tudo era intrigante. Minha rotina de trabalho seguia normalmente, mas o pensamento e a vontade eram continuar a análise da instigante história de Paulo.

QUIMIOTERAPIA

Os dias se passaram, e a minha recuperação se dava lentamente. Em três semanas, estava bem disposto e contando minha aventura com ar de desdenho. Mas isso durou apenas até o segundo retorno, após a cirurgia, ao consultório do médico.

— Bom dia, Doutor, estou ótimo. Confesso que tive uns dias difíceis, mas a cada dia me sinto melhor.

— Que bom, Paulo, fico contente com sua recuperação. Mas preste atenção no que vou dizer: chegaram os exames após a cirurgia e já temos o resultado da biópsia da peça cirúrgica.

— Então, Doutor, estou curado, não é mesmo?

— Bom, Paulo, quando um diagnóstico desses é feito, primeiro você precisa de um acompanhamento de cinco anos, com retornos frequentes ao consultório e exames periódicos para termos certeza de que a doença não vai voltar e, se voltar, estaremos atentos para tratar imediatamente.

— Só tenho de fazer os retornos e alguns exames? – perguntei com ar de satisfação.

— Infelizmente não, Paulo. Discutimos seu caso com o oncologista clínico e optamos por fazer seis ciclos de quimioterapia a cada três semanas.

— Como assim, Doutor, não estou entendendo... O senhor disse que todo o tumor foi removido e que estou curado. Por que preciso fazer quimioterapia?

— No seu exame foi encontrado um linfonodo na axila que já estava com tumor, microscópico é verdade, mas já tinha saído da mama. Apesar de hoje você não ter doença alguma, é necessário fazer esses ciclos para garantir o sucesso do tratamento.

— Tem como escapar disso Doutor? – perguntei, já sem argumentos.

— Não – respondeu objetivamente o médico.

A notícia parecia ser o retorno ao inferno. Novamente teria de enfrentar o desconhecido. As dúvidas eram imensas: meu cabelo vai cair? Vou emagrecer? Vou passar mal e vomitar sem parar? Vou conseguir trabalhar? Vou ficar internado? Minha imunidade vai acabar? Achava que os médicos iam acabar me matando antes da doença...

O tempo aumentou meu vínculo com meu oncologista. A cirurgia, que não passava de uma lembrança, acabei considerando como o pior obstáculo até então, e eu a tinha como vencida de forma brilhante. Desse modo, a necessidade de quimioterapia poderia ser encarada como mais um desafio. Eu não tinha outra opção a não ser sentar naquela poltrona confortável que mais parecia a de uma sala de televisão e assistir ao soro com a medicação invadir meu corpo. Imaginava que o remédio era como um veneno que ia atingindo todas as células e, se alguma maligna ainda tivesse sobrevivido à cirurgia, ela morreria com aquela droga. Para mim, restava apenas sobreviver ao veneno.

Na mesinha ao lado da poltrona na sala de quimioterapia, uma série de revistas e alguns livros que deveriam me ocupar nas próximas horas, enquanto eu estivesse amarrado ao frasco de veneno. Escolhi aleatoriamente uma revista e abri em uma página qualquer. Por acaso, um poema. Nunca lia poesia. Cecília Meireles, *Memórias*. E para passar o tempo, corri os olhos sobre os versos. Antes mesmo de terminar, senti nascer uma vontade incontrolável de escrever meu próprio poema. Pedi à enfermeira que me assistia uma caneta e uma folha de papel. Tentei de várias formas depositar algumas palavras estruturadas em verso para expressar o que estava sentindo. Não consegui. Então, resolvi começar a escrever minha história registrada neste caderno.

"Mas sei que tudo é memória", dizia a obra de Cecília. Assim que terminei de ler, entre as gotas do soro que pingavam sem parar, fui tomado por um sono inevitável, e, por mais que eu tentasse lutar contra o peso dos olhos, as pálpebras se fecharam. Havia algo de consciente ainda, conseguia ouvir à minha volta, mas, pouco a pouco, tudo foi se distanciando e mergulhei em lembranças do cotidiano...

Meu jardineiro, sempre educado, eu, carrancudo. Costumava acelerar os passos, na tentativa de evitar o humilde jardineiro, sujo de terra e cheirando a suor. Na situação do meu sonho, ele, ainda curvado em direção à grama, dizia:

— Seu Paulo...

— Depois eu deixo o dinheiro... – e continuei andando.

— Não quero dinheiro, não, quero mostrá uma coisa linda pro senhor.

— Que coisa? – fiz cara de interrogação.

— A flor da azaleia – disse, arregalando os olhos – é dobrada!

Sem entender o que o homem estava dizendo, procurei uma maneira de despistá-lo.

— Agora estou atrasado, depois eu vejo, ela não vai sair do jardim – afirmei com ironia.

O humilde homem baixou a cabeça novamente e continuou seu trabalho, enquanto retomei meus passos e disse para mim mesmo: que maluco este jardineiro! Azaleia dobrada, que será isso?

Já o jardineiro pensava: "Que tonto, este Seu Paulo... Num sabe o que tá perdendo... Uma azaleia dobrada... Presente de Deus, sinal de sorte...".

Dentro de casa, ao redor da mesa farta do almoço, minha esposa me disse:

— Deixe o dinheiro para eu pagar o João.

— Que João? – respondi.

— O jardineiro. Você não o viu?

— Sim, mas não sabia o nome dele.

— Só faz dois anos que ele trabalha para a gente... – ironizou minha esposa.

— Tenho outras preocupações além do jardineiro e da azaleia dobrada.

— Você viu que linda! – respondeu com entusiasmo minha esposa.

— Não, não vi. Depois eu vejo – retruquei impaciente.

— Paulo! Paulo! Acorda!!! – chamou a enfermeira.

— Não estou dormindo, apenas com os olhos fechados – reagi um tanto assustado, voltando à realidade.

— Não mexa o braço, senão dobra o cateter, e o soro não desce – recomentou ela, arrumando meu antebraço para cima do apoio da cadeira.

— Está bem, não vou mexer. Você conhece azaleia dobrada?

— Acho que só cateter dobrado... – brincou.

— Acho que eu gostaria de estar no jardim da minha casa vendo uma azaleia dobrada, neste momento.

— Eu também – respondeu a enfermeira.

Naquele dia, ao descer do carro ainda no jardim de casa, fiz um pedido para minha esposa:

— Como se chama mesmo o jardineiro?

— João.

— Quando ele vem?

— Daqui a uns 15 dias.

— Você sabe qual é a azaleia dobrada?

— Sei. Quer ver?

— Quero.

Pegou na minha mão e vagarosamente caminhamos, sentindo a maciez da grama sob meus pés. Puxa! Nunca havia andado de mãos dadas com minha esposa no jardim. Que tipo de vida eu levei? Estava me perdendo em pensamentos quanto senti um aperto carinhoso das mãos dela e, sem dizer uma palavra, olhando para mim, ela apontou com as nossas mãos entrelaçadas para a planta.

— Ah, é este pequeno arbusto? E por que se chama dobrada? – perguntei.

— Querido, dobrada é a flor. Tem duas camadas de pétalas. Mas agora está sem flor.

Sua voz soava carinhosa, como se explicasse a uma criança, mas não havia infantilidade no conteúdo.

— Quando ficar florido de novo você me mostra?

— Agora deu para gostar de jardim, Paulo? Esta quimioterapia... Acho que está afetando seu cérebro também – brincou comigo, e rimos.

— Vamos entrar, você precisa descansar.

Olhei fixamente para minha esposa como havia muito não fazia e agradeci, com muita sinceridade.

As semanas demoravam a passar e eu ficava em casa o dia todo revezando entre televisão, computador, livros e o meu mais novo e fiel amigo, Pipoca. Tentava preencher meu novo mundo, o qual denominei "O mundo da espera". À espera de nada. Creio que, no máximo, à espera da cura. E logo um novo ciclo de quimioterapia estava pronto para me receber. Em cada ciclo, novas lembranças invadiam meus pensamentos. E alguns dias depois de receber aqueles "venenos" para o tumor, eu ficava muito debilitado e passava a maior parte do tempo com mal-estar. A passagem descrita a seguir me fez de uma vez por todas mudar meu pensamento em relação aos animais. Pipoca passou a me ter como o mais íntimo entre todos da família. Desde então, ele tem sobrenome.

Minha esposa estava no trabalho, as crianças, na escola, e eu, deitado no sofá vendo televisão. Era o terceiro dia após um ciclo de quimioterapia. Pipoca estava no quintal, eu evitava contato com ele nesse período, porque minha imunidade ficava muito baixa nos dias que se sucediam à sessão. Comecei a passar mal. Uma onda de calor invadiu meu corpo, náuseas. Pensei em ir ao banheiro imediatamente, mas, ao levantar do sofá, tudo ficou escuro e eu desmaiei. Ao cair, bati a cabeça na mesa de centro da sala, abri um rombo na testa e, desmaiado, sangrei muito. A fronte é muito irrigada e qualquer corte pequeno sangra bastante, imagine um corte de quatro centímetros. Mesmo depois de lavado, a mancha discreta no tapete ainda evoca aquele momento desesperador. Só soube o que havia acontecido quando acordei no hospital com um curativo na testa.

Não sei como, mas o Pipoca deve ter ouvido a queda, abriu a porta dos fundos e deve ter tentado me acordar sem sucesso. Correu pelo quintal, pulou o muro, que não era tão baixo, e chamou meu vizinho para me socorrer. O homem contou que o Pipoca havia pulado duas ou três vezes o muro para sinalizar a urgência. O vizinho pegou uma escada e pulou o muro com o cachorro, quando me achou desacordado e ensanguentado no chão da sala. Assustei todo mundo. Mas, acreditem, o Pipoca salvou minha vida.

Nesta nova rotina, o convívio que passei a ter com os meus filhos era outra grande alegria. Nunca havíamos estado tão próximos. Em um desses momentos, após inúmeras visitas à clínica, já em casa novamente, minha esposa precisou ir ao supermercado, as crianças não iriam à escola naquele dia, e a empregada estaria ausente. Pediu que cuidássemos uns dos outros, ao que minha filhinha Bruna a tranquilizou dizendo que faria isso.

Poucos minutos se passaram e eu ouvi minha filha gritar no banheiro. Assustado, corri para ver o que estava acontecendo.

— O que houve, Bruna?

— Meu cabelo, pai, não consigo pentear, está todo embaraçado.

— Calma, filha, deixe-me fazer isso para você.

E em um gesto quase natural peguei a escova e comecei, pela primeira vez, a pentear o cabelo de minha Bruna de seis anos.

— Pai, pensei que não gostasse de pentear cabelo.

— Por que, filha?

— Uma vez pedi para você pentear o cabelo da Barbie e você me disse que não sabia.

— Bom, naquela época, eu não sabia mesmo. Aí, fiz um curso e aprendi.

— Pelo visto o curso não foi muito bom... Olha como meu cabelo está ficando... Ainda bem que você está careca, não é, pai?

Não resistimos a uma boa gargalhada, enquanto eu tentava, inutilmente, levar a escova aos cabelos dela.

Levantei-me e olhei para o espelho. Revi minha imagem desfigurada pela falta de cabelo e concluí que havia perdido muito tempo na vida. Devia ter penteado o cabelo da Barbie. Ri, na verdade, para não chorar, ri da minha ignorância e dos meus valores deturpados. Por que temos que estar morrendo para aprender a viver? Por quê? A plenitude é estar vivo! O resto é tudo bobagem que inventamos, coisas sem valor.

Três meses depois, eu já havia vencido o penúltimo ciclo de quimioterapia. Estava muito debilitado e emagrecido, mas tinha a impressão de que algo me renovava e uma força que não era física invadia minha alma. Tinha certeza de que tudo aquilo teria um dia para terminar. Os amigos, a esposa e os filhos eram a fonte dessa energia. E eu sabia que não iria decepcioná-los. Venceria mais esse desafio. Curiosamente, mesmo debilitados o físico, a moral e o financeiro, eu estava tranquilo e feliz.

E quando a palavra moral veio à minha mente, tive a sensação de que apenas havia mais uma pendência em minha vida: a Martinha do RH, com quem mantive um caso extraconjugal. Não a via fazia meses, não ligava. Também não estava com vontade de vê-la. De certo modo, pensava nela. Até que o inevitável aconteceu. O telefone tocou. Minha esposa atendeu e, no que

Martinha se identificou, me transferiu o aparelho. Timidamente e envergonhado pela presença de minha esposa, respondi:

— Pronto. Olá, Martinha.

— Desculpe ligar na sua casa, mas estou com saudades, quando vou poder vê-lo?

— Acho que não vou retornar.

— Como assim? Está me dispensando? – ergueu a voz irritada do outro lado da linha.

— Exatamente.

E, sem mais delongas, desligou o telefone. Minha esposa voltava do banheiro, ganhou tempo para enxugar as lágrimas, lavar o rosto e dar à face um suave toque de maquiagem, como quem se pinta para uma guerra.

Sentou-se ao meu lado e perguntou:

— O que ela queria?

— Que eu fosse assinar uns documentos. Mas não vou assinar nada, não se preocupe. Outro vai assumir meu papel. E estou muito feliz de não precisar ir.

Ela me olhou fixamente nos olhos e respondeu:

— Eu mais ainda.

Fiquei parado por alguns instantes, quase hipnotizado pelo olhar dela. Será que ela sabia sobre a Martinha? Devia ser alucinação, não é possível. Quebrando meus pensamentos, como se voltasse à realidade, disse:

— Como você está bonita, fez algo diferente?

— Nada demais. Paulo, tem outro assunto que gostaria de conversar com você.

— Qual?

— Eu sei o quanto gosta da caminhonete, mas você sabe como anda curto o dinheiro. Talvez ter dois carros, neste momento, não seja uma boa ideia. Estou muito constrangida de falar sobre isso...

— Eu já tinha pensado a respeito, mas me esqueci de avisá-la: coloquei à venda ontem.

— Mas, querido, será que não temos outra alternativa?

Dei uma risada de canto de boca, peguei na mão de minha esposa, olhei para ela demoradamente e disse:

— Preste atenção: a caminhonete não tem significado, ela valia para mim algo que não existe mais. E precisa ser 4 x 4? Só ando no asfalto! GPS? Nossa viagem mais longa é para a casa na praia. Trezentos cavalos de potência? Para carregar uma família... Rimos, então, concluí — Não faz nenhum sentido.

— Sempre achei grande demais, por isso nunca me arrisquei com ela. Parece que além de grande, você descobriu outros defeitos.

Continuamos rindo, abraçados, e as lágrimas foram inevitáveis.

MUDANÇA

— Gostou, Professor? – perguntei.

— Interessante! Eu gosto. Era disso que eu estava falando. Uma cirurgia, por mais traumática que seja, às vezes não consegue, sozinha, cumprir o papel de divisa em um percurso como esse. Por ser um evento isolado, talvez, pudesse funcionar como aquele susto que sentimos ao ver um acidente na estrada: diminuímos a velocidade por alguns quilômetros e depois voltamos ao normal. A quimioterapia, simbolicamente, fez com que Paulo se voltasse mais ainda para dentro de si e se questionasse sobre o tipo de vida que estava levando. Fatos corriqueiros como a conversa com o jardineiro sobre uma flor no jardim e o pentear do cabelo da filha/boneca passaram a assumir uma importância muito maior para Paulo, e ele passou a apreciá-los como eventos únicos e plenos de significado. A quimioterapia em si poderia ser considerada como uma das etapas a ser enfrentada por um herói mitológico tradicional. Trata-se de uma luta contra um grande inimigo que lhe impede de seguir adiante. Por outro lado, talvez a grande batalha de Paulo seja exatamente reconhecer que sua luta pela sobrevivência não implicava apenas vencer o câncer, mas transformar a forma como ele via o mundo e o experimentava.

Avançando na história, aos poucos Paulo começava a dar sinais de que seus valores estavam mudando. Decidiu vender a caminhonete, um interessante símbolo de vaidade masculina, e terminou o caso com a colega de trabalho. Achei muito interessante ele tocar em dois ícones que parecem dominar o mundo masculino moderno: carro e mulher. Quantos homens não acham que precisam ter sempre um carro melhor para impressionar os amigos e uma mulher gostosa para enchê-los de inveja?

— Mas essa mudança na vida de Paulo, a transformação no seu comportamento, parece ser uma lição de moral, não? Ele fazia as coisas erradas e passou a fazer as certas?

— No caso de Paulo, foi assim que aconteceu. O herói, assim como o artista, está acima das leis e das regras que regem a sociedade onde vive. Na experiência de Paulo, menos que uma lição de moral, ele foi levado, pela doença, a rever toda sua vida. Dessa revisão nasceu um novo Paulo para quem carros e mulheres assumiram menor importância, sendo acessórios, não a essência de uma vida plena. Agora, os heróis das grandes mitologias acabaram virando menos um exemplo de força física, coragem e valentia, e mais uma referência moral para sua sociedade – ponderou o Professor.

— É curioso como cada vez mais as pessoas se imaginam como coisas. Por exemplo, tendem a achar que são as roupas que vestem, o relógio que usam, os óculos de grife, o carro caro. Mas na minha experiência de cirurgião, ao atender pessoas como o Paulo, percebo que existe algo mais em jogo. Em última instância, todos percebem sua essência na própria nudez. Seguimos a vida da mesma forma como viemos ao mundo. Nus – arrisquei-me a filosofar.

— Muito bem, Doutor! Gostei da direção que a vida de Paulo começou a tomar. Teria algo mais a dizer sobre essa transformação interior do paciente? Ele vai parar de beber também?

— Não. A bebida não era um problema na vida de Paulo, que eu saiba. Lembro-me que ele comentou que gostava de tomar um bom vinho de vez em quando. Como nós, Professor.

E rimos juntos.

— Como será que a jornada de Paulo termina? – perguntou o Professor.

— Será que posso pedir uma opinião ou vai me deixar falando sozinho novamente? – perguntei com ar de ironia.

— Ganhei um vinho que dizem ser ótimo. Vamos prová-lo? – propôs o Professor, fugindo do assunto.

— Uma taça, eu aceito.

Mergulhei o nariz dentro da taça, senti profundamente o aroma e após um brinde...

— Quando continuamos, Doutor?

— No final de semana.

— Perfeito!

— Saúde.

— À nossa e à de Paulo.

— Amém.

A intervenção mitológica do Professor na história deixou-me deveras contente. Tive a impressão do verdadeiro envolvimento do meu amigo. E isso me deixava mais confiante do caminho que havia trilhado. Fui para casa, refletindo sobre a nossa conversa. E, naquela noite, não consegui dormir. Não sei se o culpado foi o vinho ou o Professor.

PARTE 4

O RETORNO DO HERÓI

IN VINO VERITAS

Reencontrando o Professor, comentei sobre minha noite maldormida e o seu vinho. Olhou-me com um ar de reprovação pela associação infeliz e respondeu:

— Não existe vinho ruim aqui em casa. Vamos ao texto!

A resposta que me deu foi mais seca que o vinho que havíamos tomado.

— Ao texto, Professor – achei que foi a melhor saída para aquela situação.

CURA E CURAS

Os meses se passaram... Me recuperei completamente, ganhei peso, voltei ao barbeiro para, finalmente, não raspar o cabelo, retornei a rotina de trabalho. A vida caminhava como se fosse vagarosamente retornar à normalidade. E foi em um dos retornos ao médico que ouvi:

— Parabéns! Após um ano de tratamento, temos a doença controlada. Todos os exames estão normais e creio que continuarão assim por muitos anos. Quero continuar acompanhando você pelos próximos quatro anos, com exames periódicos de rotina. Esse é um protocolo padrão. Parabéns mais uma vez.

— Obrigado, Doutor. Retorno em quatro meses.

Fiquei muito contente com o veredito do médico. Eu estava livre da doença. O tratamento acabara. Saí do consultório meio abobado, contemplativo. Estava radiante de alegria. Tomei a calçada sem perceber as pessoas que transitavam. Tentei atravessar a rua sem notar os carros, até que uma freada brusca me chamou para a realidade novamente. Um carro quase me matou. Minhas pernas bambearam e, assustado, sentei na sarjeta. Antes de uma arrancada de pneus, ouvi um palavrão desaforado.

Chocado, senti o coração bater mais forte no peito. O suor brotava da fronte e as minhas pernas tremiam. Uma velha maltrapilha que pedia esmola na calçada se arrastou até o meu lado e disse:

— Calma, meu filho, ainda estamos vivos. Hoje estamos vivos.

Levei outro susto com aquela senhora. Fiquei olhando demoradamente para seus olhos esverdeados dentro daquele rosto imundo, enegrecido e todo enrugado. O cheiro forte de suor e dos trapos que lhe faziam papel de vestimenta era muito desagradável. Uma figura grotesca que novamente repetiu:

— Calma, meu filho, ainda estamos vivos.

Levantei-me, batendo as mãos sobre a calça. A figura da velha foi se distanciando e, mais cuidadoso que antes, por saber que ainda estava vivo, retomei a calçada prestando atenção a tudo e a todos. Perdido em pensamentos, pensei que só me faltava estar curado do câncer e morrer atropelado saindo do consultório! Constatei a finitude e que a morte nos acompanha todos os dias. Quem teria sido a velha que falara comigo? Que conversa era a de "ainda estamos vivos"? Pensando bem, ela tinha muita razão: Ainda! Por isso, a vida precisa ser vivida neste instante. De forma verdadeira. Não sou eterno. Com câncer ou sem, que diferença isso faz? Todos vivemos com uma espada na cabeça. A espada da vida e da morte, portanto, vou fazer da minha vida algo significativo, porque a única certeza que temos é de sua brevidade.

Recuperado do susto, rindo e alegre novamente, repeti as palavras da mendiga: "ainda estamos vivos".

Algumas semanas depois, no trabalho, depois de tomar coragem, na primeira oportunidade que tive, convidei o Benedito para um café.

— Benedito, preciso lhe dizer algo. Você foi um grande amigo neste período difícil da minha vida. Obrigado e conte comigo sempre. Em segundo lugar, quero devolver o anel, acho que ele também me ajudou.

— Meu amigo Paulo, fico feliz por você ter vencido esta batalha. Nunca desejei que você tivesse que passar por ela, mas ela acabou por nos unir. Quanto ao anel, não precisa devolver. Por que não deixamos o anel seguir seu curso? Preste atenção nas pessoas ao seu redor sempre e o entregue a quem você achar adequado.

Olhei profundamente nos olhos do meu amigo e aceitei o compromisso.

Mais um ano se passou, e resolvi viajar com a família para um merecido final de semana na praia. Era a primeira vez que voltávamos todos juntos à casa na praia depois da minha doença. A família, unida, caminhava pela praia, quando tirei a camisa e expus a cicatriz sobre o peito do lado esquerdo.

Meu filho pequeno parecia estar olhando pela primeira vez o corte já cicatrizado no peito.

— O que foi isto no seu peito, pai?

— Machucado, não está vendo? – respondeu a irmã, se antecipando à minha resposta.

— Isso mesmo, um machucado – respondi, confirmando.

A curiosidade do meu filho continuou...

— Como isso aconteceu mesmo?

— Foi uma luta com um caranguejo gigante – respondi, olhando para minha esposa, pronto para uma conversa mais, digamos, simbólica, como cabe às crianças.

— Pai, você tem medo de caranguejo?

— Tenho!

Mais que depressa, meu filho pegou um filhotinho de caranguejo na praia e saiu correndo atrás de mim. Minha filha também foi ao meu encalço. Nós três, correndo, entre risos e gracejos, compúnhamos uma cena de grande plenitude para minha esposa.

EPÍLOGO

Paulo curado, a família feliz, final feliz. Linda história, que devia terminar assim mesmo. Com o retorno de Paulo ao seu cotidiano, em um novo mundo criado por ele mesmo. Será que o Professor teria gostado?

— Deixe-me ver – não disse nada e devolveu-me a pergunta.

— O que achou, Doutor?

— Estou perplexo com a leitura do caderno e a interpretação do senhor.

— Emoção? Talvez conclusão? Talvez, quem sabe, um livro...

— Do que está falando, Professor?

— Será que eu poderia interferir na história e modificar o final escrito por Paulo?

Sem saber exatamente o que o Professor pretendia, apenas fiz uma recomendação:

— Se quer escrever outro final, creio que não há nenhum problema, desde que não seja no caderno. O Paulo me deu este caderno, não gostaria de rasurá-lo, e tenho receio de que algum dia ele me peça de volta. Mas afinal no que está pensando?

— Tudo tem sua hora certa, são apenas ideias. Vou modificar um pouco este texto. Um retoque. Ou melhor, vou acrescentar um único parágrafo no final. Acho que o Paulo não ficaria chateado com isso.

— Tenho certeza que não, isso fica entre a gente – respondi para estimulá-lo a escrever, porque estava com a minha curiosidade aguçada.

Quando terminou, disse:

— Leia em voz alta.

— "Mais que depressa, o filho pegou uma bola, saiu correndo, chamando os pais. Paulo, no entanto, antes de prosseguir com a diversão, pediu ao filho que colocasse a camisa do lado certo, pois estava do avesso. Fez isso recordando o sonho que havia tido logo após ter sido diagnosticado com o câncer. Ao que o filho obedeceu, Paulo e as crianças saíram correndo. Os três rindo e gritando compunham uma cena de grande plenitude. A esposa sentia a areia sob seus pés e ouvia o quebrar das ondas do mar. Paulo e as crianças se distanciavam. Ela pensou que sempre havia sonhado em ver uma cena dessas, mas não imaginava que aconteceria tão cedo. Fora um ano difícil, mas haviam vencido, e Paulo derrotara o câncer. A doença o havia transformado, assim como a vida da família. Paulo era um novo homem, nem o reconhecia mais. Só sabia que ele estava muito melhor. Ele não só havia renascido como também conseguira modificar a vida de muitos que estavam à sua volta. Parecia que a parte feminina dele estivera realmente doente e havia se curado ao longo do tratamento. Quem se importa como aconteceu. Só quero correr com eles na praia e sentir o vento da plenitude no meu rosto."

— E agora o que achou do novo final do caderno de Paulo? – perguntou o Professor.

— Fiz um curso de pintura, óleo sobre tela. Eu tentava pintar a todo custo uma cruz no alto de uma igreja e não ficava bom. Chamei o professor Zalochi. Ele olhou, franziu os olhos, lambuzou o pincel com um azul forte e deu apenas uma pincelada no céu e não na cruz. Incrível! A cruz ficou em evidência na mesma hora. Acho que foi isso que o senhor fez, uma pincelada precisa. O texto ficou mais rico e mais claro com a conclusão da esposa. Uma cura maior que a cura física.

— A experiência completa de Paulo envolvendo negação, medo, reflexão e renascimento fez com que ele estreitasse os vínculos tanto com os que estavam ao seu redor quanto consigo mesmo. Como um bom herói, Paulo começa a aventura de um jeito e termina de outro. Sua vida e visão do mundo se transformaram. O herói clássico completa sempre sua jornada: deixa sua rotina cotidiana, se envolve em uma série de aventuras até finalmente alcançar uma revelação própria, devendo sempre voltar para perto dos seus para lhes transmitir o grande ensinamento.

— E o anel, Professor? Não cabe algum comentário?

— Acho que não. O anel não está ligado ao câncer, mas, sim, à pessoa que tem a coragem de aceitar o chamamento e cumprir o ciclo do herói. Você tem coragem?

— Adoro desafios. Acho que os heróis devem usar um anel desses. Mas, e quanto a nós, Professor?

— Creio que todos somos heróis dentro das nossas jornadas de vida, inclusive o Doutor.

— Creio que sim.

— Acho que nesta história o câncer modificou a vida do Paulo, mas será que foi a doença mesmo? E se fosse um infarto do miocárdio? Ou um acidente grave de carro? A mudança em relação à vida não seria a mesma, ou quase a mesma? O que o Doutor acha?

— Estive tão envolvido com o nosso Paulo que não havia pensado nisso. O que muda a pessoa é estar diante da possibilidade de morrer, e não de uma doença específica. Parece-me que a proximidade da morte alimenta a esperança... Um tanto engraçado e, de certa forma, contraditório.

— A morte é algo que beira a ficção, a nossa imaginação. Parece-me que ninguém voltou para contar como é viver a morte. A única coisa certa é o verbo morrer. Todos nós vamos morrer. Não há como fugir disso. Tomar consciência disto faz com que o indivíduo passe a valorizar cada segundo de sua "nova" vida. Daí a antítese: O morrer é a lenha da própria vida. Essa é a natureza humana, assim somos nós.

— Nós, Professor! Nós. Mas, mesmo depois de termos feito este longo trabalho, nossa comunicação continua defasada. E quanto a nós, o que vamos fazer?

— Como assim? Nós? O que nos resta fazer? Ah...

Entendi! Vinho é claro! Acertei?

— Errou acertando. Acho melhor tomarmos um bom vinho, antes de continuarmos...

— Que tipo de uva? Pinot Noir?

— Carménère! O senhor falou em livro? Em que pensava exatamente?

— Pinot Noir! Publicar! Quem sabe se o Paulo concordar.

— Um livro? Deixe-me ensinar algo para o Professor: Carménère!

— Doutor, desde o começo dessa sua história, do paciente Paulo, fiquei curioso. E, em alguns momentos, achei que havia inventado tudo. Afinal, o Paulo é um paciente de verdade?

— Gostei da ideia do livro...

— Pinot Noir — o Professor me olhou enquanto provava o vinho.

Não nos contivemos e acabamos rindo. Viva! À vida e ao poder da transformação.